刘仁前 著

楚水风物

静静流淌而出的,大抵是乡情。
如梦如幻,如丝如缕。

江苏凤凰文艺出版社

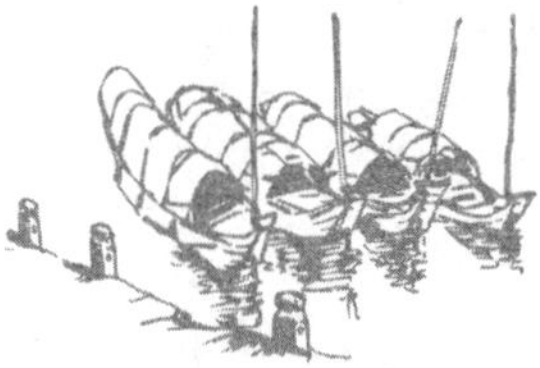

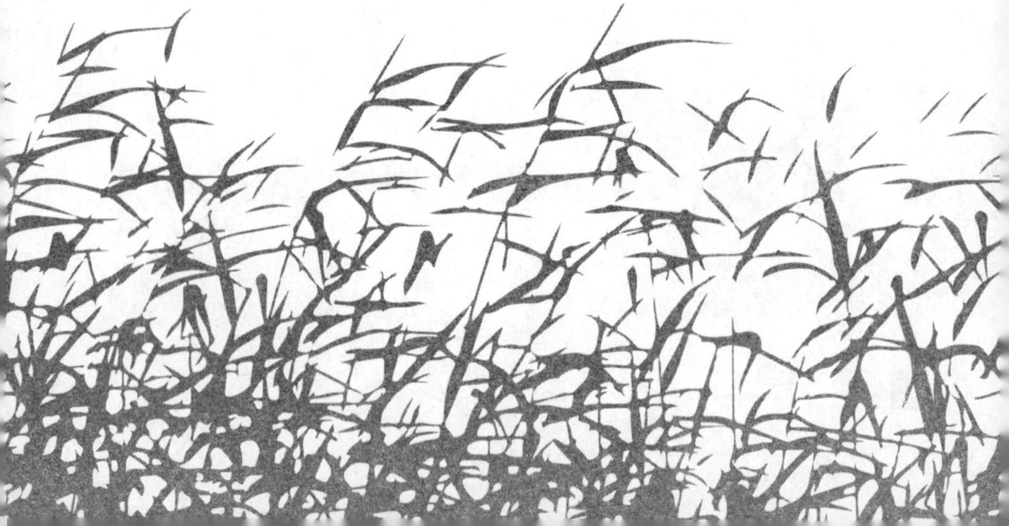

纪念里下河文曲星
汪曾祺逝世二十周年

Memory of Lixia River's Literary Giant
Twenty Years after the Death of Wang Zeng-qi

图书在版编目（CIP）数据

楚水风物 / 刘仁前著. — 南京：江苏凤凰文艺出版社，2017.11
ISBN 978-7-5594-1286-7

Ⅰ.①楚… Ⅱ.①刘… Ⅲ.①散文集－中国－当代 Ⅳ.①I267

中国版本图书馆 CIP 数据核字(2017)第 257243 号

书　　　名	楚水风物
著　　　者	刘仁前
责 任 编 辑	张　黎
出 版 发 行	江苏凤凰文艺出版社
出版社地址	南京市中央路 165 号，邮编：210009
出版社网址	http://www.jswenyi.com
印　　　刷	苏州市越洋印刷有限公司
开　　　本	880×1230 毫米 1/32
印　　　张	7.875
字　　　数	160 千字
版　　　次	2017 年 11 月第 1 版　2018 年 2 月第 3 次印刷
标 准 书 号	ISBN 978-7-5594-1286-7
定　　　价	39.00 元

（江苏凤凰文艺版图书凡印刷、装订错误可随时向承印厂调换）

Directory ·目录·

初序
楚水风情最难忘（壹） 王干
001

再序
楚水风情最难忘（贰） 王干
003

第一辑 风中的摇曳

荸荠 / 河藕 / 高瓜 / 荸荠·茨菇 / 粽箬

001

第二辑 水底的悠游

河蚌 / 螺蛳 / 蚬子 / 虎头鲨 / 泥鳅 / 鳑鲏儿 · 罗汉儿 / 长鱼 / 毛鱼 / 甲鱼 / 黑鱼 / 虾子 / 螃蟹 / 田鸡

031

第三辑 旷野的精灵

麻雀 / 咯嚓 · 䴕 · 青桩 / 野鸡 · 野鸭 / 粥饭菜 · 麦浪头

093

第四辑 农家的菜地

架豇 · 丝瓜 · 扁豆 / 茄瓜 · 茄子 / 红豆 · 绿豆 · 黄豆 / 蚕豆 · 豌豆 / 红萝卜 · 胡萝卜 · 连根菜 / 山芋 · 芋头

115

第五辑　时令的味道

糖团 / 春卷 / 米饭饼 / 油条 · 粘炒饼 / 焦屑 · 圪垯 / 炒米 · 麻花 / 腊八粥

第六辑　民间的情感

煮干丝 / 水面 · 馄饨 · 水饺 / 豆腐干 · 豆腐皮儿 / 苋菜馎 / 三腊菜 / 香肠 · 香肚

后记

初序

楚水风情最难忘（壹）

王　干

仁前是我的同乡。我出生在兴化茅山。兴化是著名的"锅底洼"，出门见水，山在兴化是一种神话，是想象的产物。听母亲讲，茅山确有一座山，山上还有寺庙，香火一度极盛。遗憾的是我至今未能目睹茅山的模样，它在我的记忆里却始终高大巍然，那多半是一种心理幻觉。幻觉有时候是非常美好的。我经常会莫名其妙怀念茅山，想念茅山。

现在读到刘仁前的这本散文集，一下子勾起无数童年的回忆。台湾有一首校园歌曲，叫《外婆的澎湖湾》，读此书，我仿佛回到了外婆的"澎湖湾"，"阳光沙滩海浪仙人掌"是南国风情，而风车、田螺、粽箬、虎头鲨则是我亲爱的里下河大地涂抹在我们心灵上永不消褪的"图腾"。所以，仁前让我做序，便不再客套，欣然应笔，借此来抒发一回对故乡那种超乎人伦的亲情至情，并顺祝故乡的土地年年丰沃、故乡的父老乡亲岁岁平安，享乐亦无疆。

　　刘仁前文笔师从里下河走出的"文曲星"汪曾祺先生，行文简畅新丽，善用楚水方言俚语，有些词的选用极见功夫，常令我这个游子惊喜而倍感亲切。为文到了这个境地，是不大容易的。

　　是为序。

一九九三年三月于鸡鸣寺侧

再序

楚水风情最难忘（贰）

王 干

二十四年前，我为刘仁前的《楚水风物》写过一篇序言，如今此书经过修订又要再版，仁前让我再写一序，理由是此书是纪念汪曾祺先生去世 20 周年才修订重出的。我本已推托，一想也有道理。当初仁前出版此书，我曾主动帮求汪曾祺先生题写书名。汪先生一点没有推托，很快写来，且考虑到封面设计的需要，分别写了横排竖排两种。

汪先生啊！

最近看女作家萌娘回忆汪先生夫妇的文章里说，每次去汪先生家拜访，汪师母临走总要问要不要去下洗手间，而最后一次见汪老，汪师母已经生病，临告别，是汪先生有些忐忑地问她："要不要去洗手间？"

都说汪曾祺先生的文章温暖，为人更是温暖。为刘仁前题写书名的细节,证明他是一个时刻为别人着想的君子。

汪先生开一代文风,流韵深广。刘仁前自拜汪氏为宗师,他最早的散文、后来的小说,都浸润着汪曾祺的血脉,学汪者众,得神韵者寡。刘仁前的《楚水风物》之后,又有刘春龙的《乡村捕钓散记》、刘旭东的《吾乡食物》等新的里下河风物类的小书问世,《楚水风物》再版,正是时候。

又序。

二〇一七年四月十九日于农展馆南里

第辑

壹

风中的摇曳

菱 / 河藕 / 高瓜 / 荸荠·茨菇 / 粽箬

菱

故乡河汉，野藤般乱缠。每至夏季，乘船而行，水面上满是菱蓬，傍着堤岸，铺向河心。几丈宽的河面，仅留下船行道。倒也有些宋人杨万里"菱荇中间开一路，晓来谁过采菱船"之诗意。

菱蓬长得旺时，挤挤簇簇的，开着四瓣小白花。远远望去，绿绿的，一大片，一大片，随微波一漾一漾的，起伏不定。白白的菱花落了之后，便有嫩嫩的毛爪菱长出。

菱角，因其肉味与栗子仿佛，且生长于水中，故有"水栗子"之称。明代大医药学家李时珍在他那部著名的《本草纲目》中这样记载：菱角"其叶支散，故字以支，其角棱峭，故谓之菱"。古人曾将四角菱、三角菱，称为"芰"，而两角的，才称作"菱"。唐诗人郑愔曾有诗云：

> 绿潭采荷芰,
>
> 清江日稍曛。

故乡一带的菱角,种类单一,多为四角菱,当地人称为"麻雀菱"。是何道理,弄不清爽。间或,也有两角的"凤菱"。红红的颜色,颇好看。至于那瘦老、角尖的"野猴子菱",则是野生的,吃起来,戳嘴得很,没人喜欢。

故乡人种菱,喊做"下菱"。上年备好的菱种,用稻草缠包着,在朝阳埂子上埋了一冬,早春挖出来,到河面上撒。大集体时,一个小队几条水面;分了田,便是几户人家合一条水面。下了菱种的水面,在端头的堤岸上,做起两个土墩,扑上石灰,行船的看那白石灰墩子就晓得这河里下过菱了;罱泥罱渣的,便不在这儿下泥罱子、渣罱子了。

翻菱,是件颇需本事的活计,胆子要大,手脚要灵,多是女子所为。

故乡的女孩子,多是翻菱好手。一条小木船,前舱横搁上船板,窄窄的,颇长,似飞机翼一般伸向两边。翻菱人蹲在船板上,墨鸭似的。后艄留一人撑船。这前舱的人,上船板要匀,否则,船板一翘,便成了落汤鸡;后艄撑船的,讲究船篙轻点,不紧不慢,快了菱蓬翻不及,慢了又费时。

试想,绿绿的河面上,五六个女子簇在一条小船上,定然是色彩斑斓,于流水潺潺之中,菱蓬起落,嬉笑不断。

我这里所说的"翻菱",到了古代文人的笔下,便是文气十足的"采菱"了。唐代诗人刘禹锡,其诗作《采菱行》中就有这样的诗句:

> 白马湖平秋日光,
> 紫菱如锦彩鸳翔。
> 荡舟游女满中央,
> 采菱不顾马上郎。

刘梦得写出了白马湖上采菱女欣喜欢悦的情形。而南北朝徐勉的一首《采菱曲》则写出了少女的相思。其有云:

> 相携及嘉月,
> 采菱度北渚。
> 微风吹棹歌,
> 日暮相容与。

> 采采不能归,
> 望望方延伫。
> 倘逢遗佩人,
> 预以心相许。

这样的情形，在我们所处的年代是不可见矣。自从分田到户，不仅地分了，水面也分了。大集体时，一个生产队社员集中在一起劳作的场景，不见了。就连下菱种，也都变成各家各户自己的事情啰。

现在翻菱，很少撑船了。几张芦席大的水面，多半由家中姑娘，抑或媳妇，划了长长的椭圆形的澡盆，便可菱翻。

人蹲在澡盆内，双手作桨，边划边翻，翻翻停停，停停翻翻。此法，更需平衡之技能。稍稍一斜，便会翻入河中。小木盆停在菱蓬上，翻过一阵，再向前划一段。之后，停下再翻。如此反复，用了多少工夫，芦席大的水面，皆翻遍了。大姑娘，或是小媳妇，此刻便不能坐于澡盆里了，她坐的位置已被水淋淋、鲜嫩嫩的菱角所取代了。她们只能将澡盆牵在身后的水面上，"扑通""扑通"游水回家。那拍打河水的声响，响在河面上，竟有些孤寂。的确，原本嬉笑不断之所，再难有笑声漾出矣。

这菱角可入药，在《本草纲目》中亦有记载。说，菱角能补脾胃、强股膝、健力益气，还可轻身。所谓轻身，便是眼下流行的"减肥"，想必会受到众多女士的青睐。

还有报道称，菱角可防癌。1967年的日本《医学中央杂志》上说，菱对抑制癌细胞的变性及组织增生均有效果，言之凿凿，不由你不信。更有热心者开出了防治之方：用生菱角肉20个，加适量水，文火慢熬，成浓褐色，其汤汁即可服用。一日三次，可防治食道癌、胃癌、子宫癌、乳腺癌。

菱角能否防治癌症，暂且不去深究。倒是那刚出水的菱角，汰洗干净，漾出浮在水面的嫩菱，之后便可下锅煮，煮好即食。真正是个"出水鲜"。

嫩菱角，不煮，剥出米子来，生吃，脆甜，透鲜，叫人口角生津。对于乡间的孩子，倒是上好的零食。

若是做菜，则首推一道"鲜菱米烧小公鸡"。从厨艺角度，几乎不值一说。但从食材来说，充分证明菜品食材选择之重要。这道菜，取刚出水的菱角，剥成米子，再取刚打鸣的公鸡仔，白灼而成。

这样一来，这菜品便是占全了"鲜、嫩、活"三字，怎么不叫人垂涎呢？

河　藕

　　家乡一带，有河塘的所在，不是长菱蓬，便是长河藕，荒废不掉。生长着河藕的塘，看上去，满是绿。圆圆的荷叶，平铺在水面上的，伸出水的，蓬蓬勃勃的样子，挤满一塘。偶有一两滴水珠，滴到荷叶上，圆溜溜的，亮晶晶的，不住地转，或滑到塘里，或停在叶心，静静的。不留意处，冒出朵荷花来。粉红的颜色，一瓣一瓣，有模有样地张开着，映在大片、大片的绿中，挺显眼的。也好看。

　　顺着荷叶的杆儿，往下，入水，入淤泥，方能得到藕。从河塘中取藕，得"歪"。"歪"藕，全靠腿脚的功夫，与"歪"茨菇、荸荠相仿佛，只是更难。

　　河塘，多半不是活水。久而久之，便有异味，淤泥亦变成了污泥。从污泥中生长而出的荷花，有了"出污泥而不染"之美名。宋人周敦颐在《爱莲说》中曾极鲜明地表达自己的观点："予独爱莲之出淤泥而不染，濯清涟而不妖，中通外直，不蔓不枝，香远益清，亭亭净植，可远观而不可亵玩焉。"

其实，荷花早出了水面，不受水污，用不着奇怪。倒是那从污泥中"歪"出的藕，一节一节，白白胖胖的，婴儿手臂一般，着实让人感动。

前人曾有诗云："玉腕枕香腮，荷花藕上开。"所描绘的便是类似这样的"玉臂藕"。这倒引出一段文坛掌故——

为避战乱的郁达夫，携妻带子到了湖南汉寿一个叫"花姑堤"的所在。其时，正是河藕飘香的时节，两余里的花姑堤，满眼望去皆是莲藕，清香扑鼻。郁才子吟咏起了曹雪芹祖父曹寅的《荷花》诗：

一片秋云一点霞，

十分落叶五分花。

湖边不用关门睡，

夜夜凉风香满楼。

郁达夫边吟诵，边对邀他前来的当地名士易君左道："若能在这花姑堤住下，大口大口地呼吸，才不致辜负这般清香与诗意。"

两人交谈之际，发现堤岸边，两个少女正在洗刷农人刚从藕塘里采挖上来的新藕。但见两少女皆头扎花头巾，身穿蓝印花布斜襟衫，一双会说话的大眼睛，水灵秀气得很呢。最是那持藕的手臂，嫩，且白，与洗净的藕节一样,雪白,雪白。这郁才子几时见过这样的场景哟,竟顾不得有妻、子在场,被少女身上散发出来的健康美,击晕了。此时,他真的分不清哪是藕,哪是少女的手臂。

"这就是传说中的玉臂藕!"易君左在一旁悄悄提醒道。

两个少女见两位长衫先生,如此注视着她们刷藕,几乎入了迷,便唱起了采藕歌:"长衫哪知短衣苦,消闲无聊乱谈藕。"

这下,郁才子诗兴来了,连忙回应道:"只因不解其中味,方来宝地问花姑。"

当少女知道,眼前应和自己的是位大文豪,也羞涩地邀请郁达夫一行到她们家中品藕。待少女呈上刚采上来的嫩藕时,郁达夫望着鲜嫩有如少女手臂的藕节,迟迟舍不得动口。

"达夫先生是不舍这泥中娇物吧?"易君左借机打趣道。

这时,郁达夫已无退路,只得张口便咬。只见那藕丝从他嘴角一直拖出,长长的,并不肯就此断下。弄得郁先生是继续吃也不是,不吃也不是。那嘴角,又有藕汁溢出,模样够尴尬的。两个少女见大文豪如此状况不断,只能掩面而笑。

拿着少女赠送的长节嫩藕,让郁才子对这乱世之际的清雅偶遇,感慨万千。一如手中散发着的藕之淡香,让人眷恋。

其实,不只是文人雅士对这藕情有独钟。在民间,藕也是有着成就美好姻缘之佳话的寓意的。在故乡一带,八月中秋一到,河藕便贵起来。

何故？

在乡间，到了年龄的青年男女，正月里想办"大事"，男方得让女方心中有数，有个准备。于是，备了月饼、鸭子之类，其中，少不了一样：河藕。在中秋节前，由女婿送到老丈人家里。这便叫"追节"。

"追节"的河藕，颇讲究。藕的枝数得逢双。藕节上，要多杈，且有小藕嘴子，万不能碰断的。断了，不吉利。被乡民称为"小藕嘴子"的，有正规叫法："藕枪"。如若偏老一些的，则叫"藕朴"。乡里人腹中文墨有限，叫喊起来，并没有那么多的讲究。

常言说，藕断丝连，此话不假。我们从郁达夫先生咬藕的经历中也看到了这一幕。对于普通乡民来说，他们不一定在意郁达夫先生的尴尬，当然也就不会在意那挂在先生嘴角边的藕丝。

然，故乡人做一种常见的风味吃食"藕夹子"，这时便会真切地体会"藕断丝连"一词的意味也。

做藕夹子，首先要将藕切成一片一片的。这时，便可发现，藕切开了，那丝拉得老长，依旧连着。

将切好的藕片，沾上调好的面糊，丢到油锅里煎。这是做藕夹子的又一道工序。滚开的油锅，藕夹子丢进去，用不了多会子便熟了。煎藕夹子，香，脆，甜。

考究的人家，两片藕中间夹些肉馅之类，再煎，味道更好。

用河藕做菜，真正考究的，是做藕圆子。用芝麻捣成馅儿，做得小小的。藕，不是现成的藕，得用藕粉。有了芝麻馅儿，有了藕粉，再备一只开水锅，便够了。

做的程序如下：将做好的芝麻馅儿，丢在藕粉里，轻滚。藕粉最好放在小竹扁子里，好滚。滚，讲究的是轻，是匀。不轻，散了架；不匀，不上圆。滚过一层，丢进开水锅里煮，一刻儿捞起，凉干，再放在藕粉里，滚。如此反复。一层一层，滚得一定程度，藕圆子便成形了。

将藕圆子做成餐桌上的一道甜点，远在桔子、蜜桃、波萝之类罐头之上。那藕圆子，香甜俱备，自不必说。轻轻一咬，软软的，嫩嫩的，滑滑的。

据说，乾隆年间的江南才子袁枚，天生爱吃熟藕，尤爱那种嫩藕煮熟后的味道，软熟糯香，咬下去又有韧劲。

江南一带的熟藕，除了糯米藕，还有糖醋藕。这在袁枚《随园食单》和民国张通之《白门食谱》两部著作中，都曾分别作过记述。关于糯米藕的做法，袁才子的记述如下：

藕眼里灌入糯米，用红糖蜜汁煨熟，与藕汤一起煮，味道极好。

而张通之讲糖醋藕的做法，也很简单：

切成薄片，以糖和醋烹成，最耐人寻味。过几天，依然香生齿颊。

故乡常见煮河藕卖者，用一大铁锅，老大的，支在柴油桶做成的炭炉上，立在路旁。卖河藕的，边煮边吆喝："熟藕卖啦。"上学下学的孩子，都挺喜欢买熟藕吃。

我们六十年代出生的人，小的时候，在故乡是吃不到袁才子说的那"糯米藕"的，当然更不见张通之记述的"糖醋藕"。

藕孔里灌糯米，曾经很常见的。听老辈人说，早年间卖熟藕，藕孔里都是灌满了糯米煮的。想来是"三年自然灾害"之缘故，人连野菜都吃不饱，哪里还有糯米给你煮糯米藕吵？

这一段岁月，早已尘封于一代人的记忆之中。如今的故乡，卖"糯米藕"的多起来，家中孩子们喜欢吃的，随时可买。只是一见那"甜""黏""稠"之汤汁，便不敢像孩子们那般狼吞虎咽了。

岁月不饶人。多糖甜食，毕竟已经不太适合年过半百的我们矣。

高　瓜

故乡兴化，出门见水，早年间无船不行。乘一叶小舟，傍河港、湖荡缓行，便可见堤岸边，水面上，碧青的高瓜叶儿，一簇簇，一丛丛，蓬蓬勃勃。偶或，微风吹拂，便飒飒作响，随波起伏。

高瓜，在我们孩提的记忆里，总是和一头大水牛连在一起的。在那个耕地靠老牛的年代，哪个农家孩子没有干过放牛的营生？

我的记忆里就有一头大水牛。在我的长篇小说《香河》里，我称它为"挂角将军"。"挂角将军"，黑黑的毛。黑黑的眼睛。黑黑的牛角，长长的，弯弯的。骑在牛背上，好威风噢！那可是一个农家孩子放学后，最愿意干的活儿。

说起放牛，有童趣，也有辛苦。最大的难题，在于要让牛们吃饱肚皮。而要做到这一点，单靠在田埂上放牛，想喂饱牛肚子，难。

于是，我们那帮孩子，放学后放牛时，多半是一边放牛，一边割牛草。

顶来得快，易见分量的，便是往河港、湖荡边割高瓜叶儿。牛挺爱吃的。

故乡一带，多水，水生植物就多起来。这当中，高瓜亦多，且多为野生。谁能想得到，在很久很久以前，高瓜曾经是一种人工栽培的粮食作物呢？！

据介绍，这高瓜，在古代有个专有名称"菰"。《礼记》就有记载："食蜗醢而菰羹。"而《周礼》中就已经将"菰"与"稌""黍""稷""粱""麦"合在一起，并称为"六谷"。可见周朝就有用"菰"的种子作为粮食来种植的传统。

"菰"的种子，也叫菰米或雕胡，在前人的诗词之中，常见这样的叫法。唐代大诗人李白就有一首《宿五松山下荀媪家》，其诗有云——

我宿五松下，

寂寥无所欢。

田家秋作苦，

邻女夜舂寒。

跪进雕胡饭，

月光明素盘。

令人惭漂母，

三谢不能餐。

同样大名鼎鼎的郭沫若,郭老,在其专著《李白与杜甫》中这样解释"跪进雕胡饭":古人席地而坐,坐取跪的形式。打盘脚坐叫"胡坐",是外来的坐法。客人既跪坐,故进饭的女主人也采取"跪进"的形式。这里,郭老将"雕胡饭"解释成了吃饭所取的姿式,能不闹出笑话来么?

不只是李白,杜甫也有"滑忆雕胡饭,香闻锦带羹"之诗句。其实,这"雕胡饭",就是用菰米做成的饭。也就是我们现在俗称的高瓜所结出的种子,用来煮饭。在唐代,"雕胡饭"是招待上客之食,据说用菰米煮饭,其香扑鼻,且得"软""糯"之妙。

后来"菰"受到黑粉菌的寄生,植株便不能再抽穗开花,"菰"作为粮食种植的历史也就宣告终结矣。今天,在我国已很难见到的菰米,在美洲却仍然盛产,也算是这一物种之幸运也。由于印第安人吃它,所以被称之为"印第安米"。

"祸兮福之所倚,福兮祸之所伏。""菰"的发展变化,似乎应证了这一道理。黑粉菌阻止了"菰"的抽穗开花结籽,但也让一些"菰"的植株,茎部不断膨大,逐渐形成纺锤形的肉质茎,且毫无病象。于是,人们就利用黑粉菌阻止茭白开花结果,繁殖这种畸型植株作为蔬菜。这就是我们现在仍普遍食用的高瓜,其学名应该叫:茭白。

晓得高瓜正儿八经的名字叫茭白,是很多年以后的事了。念书识字,之后在城里有了一份工作。上班下班,老听见巷道上有人吆喝:"茭白卖啦……""茭白卖啦……"走近看时,但见十来根一扎,十来根一扎,净是高瓜。说是按扎数卖，其实，每扎斤两都差不多，卖主先前搭配妥了的。按扎卖，卖起来爽手，便当。别小看这茭白，儿时割了喂牛的玩意儿，现时一扎卖几块钱呢。

在我的记忆里，那时繁茂的茭白叶儿，在河塘、圩岸、沟渠边发疯似地生长，要是进得湖荡、港汊之中，那更是成片成片，一望无际了，有力气割去好了，没人管的。偶尔，也会有意外收获。或是在茭白叶丛之中，发现了野鸡野鸭之类的窝，拿上几只小巧溜圆的野禽蛋，也是颇叫人高兴的事。或是割茭白叶子时，割出几枝白白嫩嫩的茭白来，嚼在嘴里甜丝丝的。说实在的，野鸡野鸭、野禽蛋之类不是常能碰上的，倒是那长长的、白嫩的茭白，时常割得到，掰上一个，咬一口，脆脆的，甜甜的，颇解馋的呢。

当然，更多时候，是将茭白掰下，扎成一把一把的，拿回家做菜。茭白，切成细丝子单炒，鲜嫩，素净，蛮爽口的。若是切成片子与蘑菇木耳之类配成一道炒三鲜，完全可以代替竹笋而用的。

茭白名头比较响的，是在南方。它与莼菜、鲈鱼并称为"江南三大名菜"，可见其身份不低。我们乡野小子，年幼无知，只是看中它能喂牛，还真的有些作践它了。

唐代著名中医食疗学家孟诜，他对茭白的评价比较高，说它能"利五脏邪气"，对于"目赤，热毒风气，卒心痛"辅助治疗，疗效甚佳。孟诜还介绍了与日常调味品搭配的饮食建议："可盐、醋煮食之。"

清人赵学敏在《本草纲目》问世百余年之后，曾编出一部《本草纲目拾遗》，亦具影响。赵学敏在《本草纲目拾遗》里面，对于茭白的功效则记载得更为具体，比如茭白可以"去烦热，止渴，除目黄，利大小便，止热痢，解酒毒"等等。

由此看来，现在应酬频繁，且酒杯不离手的诸公，倒是不妨听从赵先生之言，经常多食用一些以茭白为主料的菜肴。

荸荠·茨菇

我年轻时,有一段"大集体"的岁月。那时,没有分田到户,农村以生产小队为基本单位。记得那时生产队白汪汪的水田里,成筐成筐地长荸荠、茨菇。

荸荠,"水八仙"之一,属莎草科浅水草本植物,学名马蹄,又称地栗、乌芋、凫茈。李时珍在《本草纲目》中对其植物形状及栽培法有详细描述。他介绍说,荸荠,"其根如芋而色乌也",故名"乌芋"。"凫喜食之,故《尔雅》名凫茈,后遂讹为凫茨,又讹为荸荠。盖切韵凫、荸同一字母,音相近也。三棱、地栗,皆形似也。"

李时珍详细介绍说,"凫茈生浅水田中。其苗三、四月出土,一茎直上,无枝叶,状如龙须。肥田栽者,粗近葱、蒲,高二、三尺。其根白,秋后结颗,大如山楂、栗子,而脐有聚毛,累累下生入泥底。野生者,黑而小,食之多滓。种出者,紫而大,食之多毛。吴人以沃田种之，三月下种，霜后苗枯，冬春掘收为果，生食、煮食皆食。"

李时珍所言"吴人"，大概也就是现在的苏州一带。而苏州一带的"苏荠"，颇负盛名。据明《正德姑苏志》所载，"荸荠出陈湾村者，色紫而大，带泥可致远。"明礼部尚书吴宽对家乡的荸荠也是赞誉有嘉：

累累满筐盛，

大带葑门土，

咀嚼味还佳，

地栗何足数。

这俗称"葑门大荸荠"的苏荠，个大皮薄，色泽紫红，肉白细嫩，少滓多汁，鲜甜可口，借用早年雀巢咖啡的一则广告语："味道好极了"。

茨菇，与荸荠同列"水八仙"，在李时珍笔下写作"茨菰"，其《本草纲目》中有这样的记述："茨菰一根岁产十二子，如慈姑之乳诸手，故以名之。燕尾，其时之象燕尾分叉，故有此名也。"难怪，茨菇，又有了"慈姑""慈菇"这样的称谓。

茨菇虽为一寻常俗物，文人墨客引入诗中者，却不在少数。唐代诗人张潮的一首《江南行》，借"茨菰"点出时令，寄托一个女子的思夫之情。全诗如下：

茨菰叶烂别西湾,

　　莲子花开不见还。

　　妾梦不离江上水,

　　人传郎在凤凰山。

有一则小花絮,江苏青年作家张羊羊有一年曾到得我的家乡,并在溱湖湿地发现,介绍"茨菰"这一物产时,引用了张潮的这首诗,认为与其引一首"怨夫"之作,不如用明学者杨士奇的那首《发淮安》更具画面感。不妨抄录如下:

　　岸蓼疏红水荇青,

　　茨菰花白小如萍。

　　双鬟短袖惭人见,

　　背立船头自采菱。

真是一幅风景画!蓼花红,水荇青,茨菰花白,湖水绿,已是生机盎然,色彩斑斓。想来,小姑娘的衣着该是另有一种色彩吧?这充满生机的湖面,加上充满青春气息的采菱少女,岂不叫人流连?如此看来,如将这首诗在旅游景点陈列,还真的比张潮的《江南行》更适合。如此美景、美人,岂不令人爱怜?

长荸荠、茨菇，均需育秧子，但育法则不太一样。育荸荠秧子，先做好秧池坂子，之后，栽下留种的荸荠，待破芽长出圆圆的亭子后，便可移至大田去栽。育茨菇秧子，一样得做好秧池坂子，栽下的，则不是留种的茨菇，而是从茨菇上掰下的茨菇嘴子。茨菇嘴子栽在秧池坂子上，颇密，用不了几日，便会破芽，生出阔大箭形叶子来，亦能移栽了。

　　荸荠与茨菇，形体稍异。荸荠，呈扁圆形，嘴子短，皮色赤褐，或黑褐。茨菇，则呈椭圆形，嘴子弯且长，皮色青白，或黄白。

　　深秋时节，白汪汪的水田，渐渐干了，圆圆的荸荠亭子，阔阔的茨菇叶子，渐渐枯了，该是收获荸荠、茨菇之时了。村上，成群的青年男女，听了小队长的指派，扛了铁锹、铁钗，背了木桶，散在田头挖荸荠、茨菇。荸荠、茨菇均在泥底下，翻挖起来颇费力。这等活计，多为小伙子所为。姑娘们多半蹲在小伙子的锹钗之下，从翻挖开的泥土上，拣荸荠，或是茨菇。自然也有大姑娘不服气的，偏要与小伙子比个高低，拿起铁锹，憋着劲儿挖，惹得一帮子男男女女，在一旁看热闹，看究竟谁给谁打下手。

　　收获荸荠、茨菇，翻挖较常见。然，终不及"歪"，颇多意趣。刚枯水的荸荠田，抑或是茨菇田，除了零散的枯叶，似无长物。或有一群男女，光着脚丫子，踩进田里，脚下稍稍晃动，"歪"上几"歪"便有荸荠、茨菇之类，从脚丫间钻出，蹭得脚丫子痒痒的，伸手去拿，极易。那感觉，给劳作平添几多享受。

"歪"荸荠，"歪"茨菇，青年男女在一处，有些时日了，于是，就有些事情了。有小伙子盯着黝黑的田泥上大姑娘留下的脚印子，发呆，心热。便悄悄地去印了那脚丫子，软软的，痒丝丝的。

荸荠、茨菇去皮之后，肉色均白。荸荠可与木耳、竹笋之类炒菜，可煮熟单吃，亦可生吃，甜而多汁。农家孩子，时常在大人翻挖的田头，随手抓上一把，擦洗一番，便丢进嘴里。茨菇生吃，则不行。用其做菜，可切成片子、条子、块子。茨菇片子，可与大蒜、精肉小炒；茨菇条子，可与蛤蜊、鸡丝之类白烧；茨菇块子，可与猪肉红烧。整个儿的茨菇，烧煮后过掉一回苦水，之后，加冰糖熬，便可做成一道冰糖茨菇，亦极有味道。

另有一道菜：咸菜茨菇汤。汪曾祺先生在《故乡的食物》一文中说："咸菜汤里有时加了茨菇片，那就是咸菜茨菇汤。"他介绍说，"一到下雪天，我们家就喝咸菜汤，不知是什么道理。"而这"咸菜汤"所需的咸菜，则是"青菜腌的"。

汪先生详细描述的腌菜过程，跟我们兴化农村完全一致。他写道，"入秋，腌菜，这时青菜正肥。把青菜成担的买来，洗净，晾去水气，下缸。一层菜，一层盐，码实，即成。随吃随取，可以一直吃到第二年春天。"这样的活儿，我年轻时就曾干过。

汪先生说，"腌了四五天的新咸菜很好吃，不咸，细、嫩、脆、甜，难可比拟。"这细、嫩、脆、甜四个字的感觉,我们也是有的,只不过,并没有觉得"难可比拟"。

　　想来,这样的感觉,包括他后来告诉我们:"我很想喝一碗咸菜茨菇汤。"这跟他十九岁离乡,在外辗转漂流三四十年,是有很大关系的。当然,跟他在沈从文先生家里,听到老师的那一句,"这个好!格比土豆高"也有关系。他想吃一碗"咸菜茨菇汤",实际上,是想念那已经逝去的岁月和岁月里的人。

粽箬

故乡多芦荡。鸭知水暖时节,沉睡了一冬之后,芦荡渐渐有了生机。芦芽止不住地窜出水面,嫩绿嫩绿的。浮萍、水花生之类,漾出芦荡。几经春风春雨,芦荡便是碧绿绿的一大片,满眼尽是芦苇子,铺向天边。渐阔的苇叶在春风里摆动着,"沙沙沙"地响。野鸡、野鸭飞进来,小鸟、小雀飞进来,这儿一群,那儿一趟,叽叽啾啾地叫,挺悦耳的。不时有几只燕子,剪水而落,停在芦荡的浅滩上,啄些新泥,之后,飞到寻常百姓家去,尽心营造自己的巢。

这一带,最常见的芦苇,为河柴和盐柴两种。以河柴为最多,偶或在河柴之中,生出一小片盐柴来,颇为惹眼。因为河柴的杆儿过细,叶儿狭窄,而盐柴则不同,杆儿粗壮挺拔,叶儿阔,且长,有股子柔劲、韧劲。从介绍中,便不难分辨,将来被打了去裹粽子的,肯定是后一种,盐柴上的苇叶儿,真正"粽箬"是也。

至于说，两种芦苇开出来的芦花，一白一黄，那是要到秋天，才能欣赏得到的景色。那时节，芦絮满天，飘飘荡荡，那轻柔，那悠扬，给秋季平添些许诗意，些许浪漫。

粽箬，天生是和一个节日栓在一起的。那便是端午节。因为端午节，这粽箬才有了用武之地：裹粽子。

关于端午节的传说颇多，故乡的人们口耳相传的，是楚国大诗人屈原投汨罗江的故事。而在这样一个特殊的日子，诗人们也会奉上一份缅怀——

国亡身殒今何有，
只留离骚在世间。

这是宋人张耒的悲切——

年年端午风兼雨，
似为屈原陈昔冤。

这是南宋赵藩的不平——

屈子冤魂终古在，
楚乡遗俗至今留。

这是明代边贡的思念。

在我的故乡,虽然当地百姓不一定都知道屈原其人,但一提到"三闾大夫"是楚国人,心里头便亲近起来。我们那地方,很久很久之前,曾是楚将昭阳之食邑,当然属楚。至今,我们那儿还保留着"楚水"的别称,亦算是对昭阳将军的怀念吧!

过端午节,除了划龙舟这种大型户外纪念活动外,家家户户门口要挂上昌蒲、艾草叶,以求驱鬼避害,家庭和顺;小孩子手上、脚上,要佩戴五色"百索",以求却邪免灾,保佑平安;大人中午一定要喝几杯雄黄酒,以求祛邪扶正,去病强身。汪曾祺先生在他散文《端午节的鸭蛋》中,有这样的描述:"喝雄黄酒。用酒和的雄黄在孩子的额头上画一个王字,这是很多地方都有的。"与雄黄酒相配的,当天中午的菜品也有讲究,需"五红""五黄"。"五红"通常是烤鸭、苋菜、红油鸭蛋、龙虾、雄黄酒;五黄分别是烧黄鱼、烧黄鳝、拌黄瓜、咸蛋黄、雄黄酒。据说端午节吃了这"五红""五黄",整个夏天便可驱五毒、避酷暑。凡此等等,不一一细述。这当中,有一样重要食品:粽子。

传说屈原投江后,家乡民众害怕龙鱼吃了他的身体,纷纷裹粽子投入江中,任由龙鱼吞食,以此避免屈原身体受伤害。这样裹粽子的习俗,就一年一年延续了下来。而粽子也成了人们生活当中的一道美食。

唐代诗人元稹"彩缕碧筠粽,香粳白玉团"之句,状写的是粽子的形状和味道。同样是唐代，温庭筠的"盘斗九子粽，欧擎五云浆"则描绘了粽子的大小和品质。宋代陆游的"盘中共解青菰粽，哀甚将簪艾一枝"，道出了那时已有"以艾叶浸米裹之"的"艾香粽子"。大文豪苏东坡，尤喜食粽，品尝了馅中藏有蜜饯的粽子之后，留下了"时于粽里得杨梅"的诗句。清代林苏门的"一串穿成粽，名传角黍通。豚蒸和粳米，白腻透纤红。细箬轻轻裹，浓香粒粒融。兰江腌醢贵，知味易牙同"则写尽了火腿肉粽之妙。

说到现在，本文的主角可以闪亮登场矣。这主角不是其他，正是粽箬。不妨费些笔墨，略作交代。

试想，若是没有了粽箬，那这粽子从何而来？没了粽子，怎么保护屈原大夫的身体呢？不能保护屈原大夫的身体，那这端午节还有什么意义？一个没有意义的端午节，那又有谁在乎呢？那些习俗，也就随之失去光泽也。因此上，粽箬之重要，完全显现。

故乡上好的粽箬，大多生长在肥沃的荡里。这样的荡子，我们多半直接呼之为："芦苇荡"。因其芦苇繁盛之故，而完全忽略了其他物种之存在。芦苇荡，多淤泥，水生植物丰富，很是适合芦苇生长。尤其是盐柴，生长在芦苇荡，其芦苇子更是肥美，杆儿粗粗的，苇叶儿阔阔的。五月端午节前，便有姑娘媳妇，三三两两，划了小船到荡子里来打粽箬。碰上这样肥美的粽箬，这些姑娘媳妇会开心一整天呢。

粽箬从芦苇杆上打下之后，需一把一把的，扎好，放到箩筐里，之后，到城里街上去卖。在家乡，卖粽箬，多是女子所为，且不是一人独做。而是三五个甚至十来个女人，搭成帮，荡了小木船进城。

端午节前的县城，卖粽箬的女人，随处可见。她们挑着青篾小箩筐，走在青砖小巷之上，一溜儿软软的步子，杨柳腰，青竹小扁担在肩头软悠悠的，直晃。时不时地，有女人亮开嗓子吆喝几声："卖——粽箬格——""卖——粽箬格——"嗓音儿脆甜甜的，软酥酥的，叫人流连。

卖粽箬，有这般沿街叫卖的，亦有摆地摊卖的。粽箬装在一只小木盆里，木盆旁边备个小水桶，卖主适时给粽箬洒些水，那粽箬看上去水淋淋的，青滴滴的，难怪女人干这营生才相宜呢。

地摊上，除了卖粽箬的，还有卖艾的，卖昌蒲的，也有卖红萝卜的。长长的一条龙摆下来，占满了整个巷子，听凭过往客人挑选。要想买粽箬的话，花几分钱便能买到一把了。寻常人家三五把粽箬，过个端午节，便足够了。乡里人，想得颇开，这粽箬从芦苇荡里打下，除了花些工夫，并没费什么神，一年到头，也难得过问那芦苇的长势，卖便宜些无所谓的。

冬去春来，四季轮回，那芦苇在荡子里，黄了绿，绿了黄，顺乎天然。偶或需要时，进得荡去，或打些苇叶，或割些柴草。住在荡边的人家，每年端午节落得一大片好苇叶，秋季落得一大片好柴草，倒也叫人眼馋的。

想来是粽箬自然天成的缘由，不施化肥之类，且打下便随即上市，满身鲜活之气，一经烫出，既翠，且柔，在女人手指间缠绕几下之后，便会翻出多种花样：菱角粽，小脚粽，斧头粽……上锅用木炭火蒸煮，待锅圆气之后，便可揭锅。那粽子，出得汤来，清香盈面，青翠逼眼，叫人垂涎。

在我们那里，裹粽子的原料也颇多讲究，有白米的，红豆的，绿豆的，蚕豆的，咸肉的，蜜枣的……数不胜数。用不了到端午那天，亲友之间，礼尚往来，那粽子早就你来我往，四处流通了。有苏轼词句为证："五色新丝缠角粽，金盘送。"

离开故乡，到外地城里做事，每日路过的小巷上，再难见到三五成群的女子，担粽箬，一溜儿软软的步子，还有那甜甜的叫卖：

"卖——粽箬格——"

第贰辑

水底的悠游

河蚌 / 螺螺 / 蚬子 / 虎头鲨 / 泥鳅 / 鳑鲏儿·罗汉儿
长鱼 / 毛鱼 / 甲鱼 / 黑鱼 / 虾子 / 螃蟹 / 田鸡

河 蚌

河蚌,又名河蛤蜊、河歪、鸟贝等,属于软体动物门瓣鳃纲蚌科,是一种普通的贝壳类水生动物。

一提及河蚌,最先跳到脑子里的,不是河蚌长什么样子,而是一个成语:鹬蚌持争。小时候的课本上有,课堂上老师讲过,自然知道后面还有一句:渔翁得利。

想想这鹬和蚌也真够蠢的,鹬只想着,"今日不雨,明日不雨,即有死蚌!"蚌心里念叨着,"今日不出,明日不出,即有死鹬!"结果,"两者不肯相舍,渔者得而并禽之"。原先的故事,说赵、燕、秦三国间的事,似乎与我们普通一族关系不太大。国家大事,"肉食者谋之"。然,这则故事,放在唯利是图较为普遍的当下,似乎另有一番意味。在利益面前学会放弃,还真是一门值得每个人好好研究的学问。

河蚌这一物相,在文人墨客笔下,则是另外一番意趣。宋代著名的诗人苏轼曾有《赠山谷子》诗云：

笑君老蚌生明珠，

自笑此物吾家无。

君当置酒我当贺，

有儿传业更何须？

东坡居士在此用了一典：老蚌生珠。此典语出汉代孔融《与韦端书》，其中有："不意双珠近出老蚌，甚珍贵之。"

说的是东汉时，享誉文坛的孔融给一位名叫韦端的大将军修书，对韦将军元将、仲将二子褒奖有嘉，认为长子元将，学养丰厚，才华横溢，气度不凡，将来必定是个能干大事业的人；次子仲将，天资聪颖，性情温厚，将来也一定能继承家业，光宗耀祖。

说了这么多夸耀之词之后，这位孔氏名后，来了个转折，逗趣了一下韦大将军，说：没想到啊，这么优秀的两个儿子，竟然会出自你这个"老蚌"，实在是太珍贵了！你说这位孔圣人的"第十九世孙"，绕了这么一个大弯子，还不是笑话人家韦端年纪大？笑话人还笑话出个成语来，不佩服还真的不行。

这些多少沾有文人的酸腐之气，不为当下80后、90后、00后所看重。现时年轻一代，欣赏的是这样的警句：命运给予河蚌的是一粒沙子，河蚌却回报世界一颗珍珠。

这河蚌育珠之因，还真是如此。不过，人工育珠则是另外一回事情。

河蚌以滤食藻类为生，故而水生植物繁茂的河汊、湖荡，便是其理想居所。

我的故乡是苏北里下河出了名的水乡，一年四季，河汊、苇荡总是满盈盈的。河蚌，便极常见也。

孩提时，一入夏，河汊便成了我们这些农家孩子的天然乐园，游泳、打水仗、掏蟹、摸河蚌。每个人都拽个澡桶，下河，系上长长的桶绳，远远地漂在河面上。三五成群，四五成趟的。人在前头，用手在岸埤边摸，用脚在河底淤泥上踩，手摸脚踩，同时进行。摸到或是踩到异物，是不是河蚌，心里有数的。直接拿不着的，便扎猛子，潜到水底拿。河蚌多为椭圆形，两扇壳扁扁的。老蚌壳硬且黑；新蚌，尤其是三角帆蚌，壳纹清晰，有的略呈绿色，亮亮的，蛮好看的。河蚌多半立在淤泥里，碰上去，只有一道窄窄的边子，多是开口。平时，蚌仰立着，张开两扇壳，伸出软软的身体，稍有动静，便紧闭了。

摸河蚌，偶或不慎，也会出意外的。蚌张开时，你摸上去或踩上去，弄不好手指、脚趾便会被夹住。那滋味极难受，愈动蚌夹得愈紧，愈疼。听说，有人在芦荡里摸鱼，碰巧踩着一只河蚌，被夹住了脚趾头，拽出水一看，脚趾头鲜血淋淋，快断了。那人急中生智，敲破蚌壳，方得脱险。再望望那蚌，有小脚盆那般大。好多孩子均去看过那只大河蚌的。

早先的河汊里，河蚌挺多。个头有大有小，外观也各有不同。有深褐色，有淡绿色，有褶纹的，有三角帆，凡此总总，说不全。

我们小的时候，玩一下午水，能摸一澡桶河蚌。那时，好像没有卖河蚌一说。河蚌在那时不值什么钱的，多是自家劈下肉来做菜。

河蚌下锅前，得去胰、剁边。胰腥气，食不得。蚌边老得很，用刀背剁剁，才煮得烂。新鲜河蚌烧汤，味道鲜美真是没得说的。洗剔干净的河蚌，拣大的切一刀，尽量不切，否则蚌肉易散；差不多大的，整个儿下锅。烧河蚌汤，火功颇讲究，得慢煨。蚌肉不易烂，慢煨至烂，汤汁则愈浓、愈乳。临起锅时，漫上韭菜或青菜头儿，稍微滚一滚，便能上桌了。再撒些小胡椒。那汤色，完全乳白，鲜奶一般。就连那配料的韭菜、菜头，也鲜得不得了。这道菜，汤白，菜青，好吃且悦目，颇能撩人食欲。

河蚌当然也可入药。明代著名医药学家李时珍，在他那部著名的《本草纲目》中就有记载："真珠入厥阴肝经，故能安魂定魄，明目治聋。"此处"真珠"，即珍珠。

河蚌入得城来，起先好像不是用来做菜。剔了蚌肉，取蚌壳，收进工厂，说是用处大着呢。后来才晓得，蚌壳能做纽扣，是极好的纽扣原料。

再想想，我家屋后的小沟旁，那时总是堆着成堆成堆的蚌壳子，废弃了，怪可惜的。

螺　螺

　　铁锅腔，

　　铜锅盖，

　　中间炖着一碗菜；

　　有人吃来，

　　没人盖。

　　孩提时，乡间颇流传的这则"猜猜儿"，农家孩子多半不离嘴边的。巷头上，三两个孩子聚在一处，只需一个说头句，自然会有应者，一口气溜完。那满带稚气的童音，非说，似唱，飘荡在村巷上。这些孩子，自然说得出，这则"猜猜儿"说的是螺螺。

　　螺螺，似乎是我们这一带的叫法。其他地方，叫"螺蛳"的多。汪曾祺先生在他的散文《故乡的食物》里，写的就是"螺蛳"。螺螺，其名称尚不止这两个，"蜗蓠""师螺""蜗蠃"皆为别称。

在民间，一直流传着众多有关螺螺的传说。其中，最为我们所熟悉的当为"田螺姑娘"。故事其实很简单，人物仅有两个：劳作的男青年和田螺姑娘；情节也不复杂，男青年每下地劳作，忙得来不及做饭，田螺姑娘悄悄地为男青年做饭，做完饭依旧回到小水缸里，后来被男青年发现，田螺姑娘再也变不回去，便与勤劳的男青年结为夫妻幸福地生活在了一起。

原来这是一个知恩图报的故事，田螺姑娘之所以乐意为劳作的男青年做饭，是因为男青年某一天将她从田里捡回家的时候，没舍得吃了，而是养在家中水缸里。这一来，留下了田螺一条命。她才幻化成人形，为男青年做饭。

本来，与田螺姑娘结为夫妻之后，男青年的日子肯定比单身一人要好，夫妻恩爱，夫唱妇随。有版本往下延展一下，让这田螺姑娘为男青年生了个大胖小子。有人兴许会说，那不是更好么？

好是好，然，有句话叫，乐极生悲。

你想啊，一直辛苦耕种的单身汉，突然间有了如花似玉的妻子，很快又有了白白胖胖的大胖小子，能不开心么？这一开心，祸从口出："乖乖肉咯心，你家妈妈是个田螺精！"年轻的丈夫一不留神，将田螺的身世秘密泄露出来了，这下子妻子伤心了。你这个做丈夫的，怎么能揭人家的老底呢？田螺姑娘一气之下，躲回田螺壳里，再也不出来了。

这下，男青年没有了妻子，刚出生不久的孩子没有了母亲。这日子怎么过哟？这里头有个细节，田螺壳。现在，男青年后悔没有把它砸了，砸了田螺姑娘自然就回不去了。然而这是田螺姑娘与男青年结婚的前提条件，砸不得。那男青年就应该自己藏好，让田螺姑娘轻易找不到。如此，田螺姑娘也不会极容易就钻回壳中。再者，要么男青年就应该注意替妻子保守秘密，也不致田螺姑娘悲伤离去。

汪曾祺先生曾用文白交融的语言，将这一民间故事改写成短篇《螺蛳姑娘》，其情节处理上，较民间故事要复杂，小说后半部分增加了男青年性格的发展变化，对与自己结婚生子的田螺姑娘，不那么珍惜，不那么疼爱，最终导致悲剧发生。《螺蛳姑娘》通篇以四言为主，读来朗朗上口，颇具韵味。有论者认为，汪老的小说以故为新，以俗为雅，传承了古典文学和民间文学的文化因子，别具一格，独具价值。

田螺姑娘只存在于传说之中，除了那位男青年，其他人皆无缘得见。螺螺则繁衍在众多的乡间，极常见。像我们这样的农家孩子，放了学，小书包一丢，提了小铅桶，或者小柳条篮子，三五成群，直奔田头，寻得一处泥渣塘，便是拾螺螺的好场所。早年间，积造自然肥风气颇盛。村子上，男劳力罱泥、罱渣，每天都有几大船。泥渣上岸进塘之后，待泥浆稍淀，便会有螺螺慢慢冒出，在黝黑的泥渣上，形成十分美妙的图案，或蜿蜒，或畅达，浑然天成，细细玩味，颇多意趣。孩子们光着脚丫子，裤腿卷得高高的，踩进软软的泥渣里，拾螺螺，跑不了几个泥渣塘,小桶、小篮就满了。到河口汰去河泥,吟着"猜猜儿",嘻笑着,一蹦一跳,回得家去。

吃螺螺,不能一拾回来就吃,得把螺螺先放在瓷盆、脚桶之类的家伙里,清养几日,待螺螺吐净了体内污物之后,再做菜。农家吃螺螺,吃法挺简便。养了几日的螺螺,剪去尾部,洗净,装进小瓷钵子,配好酱油、菜油、青葱、生姜之类佐料,之后,烧饭时,放进饭锅里炖。饭好了,螺螺也就炖好了。入得乡间,时常见到乡民们,捧了饭碗,蹲在巷口边吃饭,边闲话,饭碗上堆了油渍渍的螺螺,扒一口饭,用筷子挑起螺螺,就到嘴边用劲一吮,螺螺成了空壳子,肉留在嘴里,听凭人细细咀嚼。炖螺螺,挺下饭的一道家常小菜。一碗饭,只需泡上几勺螺螺汤,便是一顿美餐矣。

汪曾祺先生在《故乡的食物》中有这样的一段文字:

螺蛳处处有之。我们家乡清明吃螺蛳,谓可以明目。用五香煮熟螺蛳,分给孩子,一人半碗,由他们自己用竹签挑着吃,孩子吃了螺蛳,用小竹弓把螺蛳壳射到屋顶上,喀拉喀拉地响。夏天"检漏",瓦匠总要扫下好些螺蛳壳。这种小弓不作别的用处,就叫做螺蛳弓,我在小说《戴车匠》里对螺蛳弓有较详细的描写。

《戴车匠》我是读过的。此番,专门将先生对"螺蛳弓"及相关

描写摘录如下:

螺蛳弓是竹制的小弓,有一支小弓箭,附在双股麻线拧成的弓弦上。竹箭从竹片窝成的弓背当中的一个窟窿里穿过去。孩子们用竹箭的尖端把螺蛳掏出来吃了,用螺蛳壳套在竹箭上,一拉弓弦,弓背弯成满月,一撒手,哒的一声,螺蛳壳便射了出去。射得相当高,相当远。在平地上,射上屋顶是没有问题的。——竹箭被弓背挡住,是射不出去的。

汪先生老家高邮,与我的老家兴化紧挨着,尽管我们所处的年代不同,但这习俗还是相同的。只不过,汪先生强调,"清明那天吃螺蛳","可以明目"。在我们那里,则变化成了,清明前吃三回螺螺,一年不害眼睛。有无道理,没有请教过医生,但乡民们一直这般认为,且一直这般做。

一年中,吃螺螺的次数多起来,吃法上也就有了不同的花样。螺螺入得城里人正正规规的宴席,是近年来的事。厨子事先将螺螺煮熟,一个一个用人工将螺螺肉挑出来,或凉拌,或与韭菜爆炒,味道颇不错。还有一种"田螺塞肉"的做法,将大田螺肉挑出,剁碎,再与新鲜猪肉剁成的肉泥,混在一起,掐成一只一只小肉圆,之后塞入田螺壳内,配佐料下锅红烧,较寻常螺螺的吃法,别有一番鲜美之风味。

然,终不及乡间家常的做法——炖螺螺,来得活鲜。试想,那螺螺肉一直待在壳内，原味多半未损，吃时，才用嘴来吮，所有鲜味皆入口中。且家人围桌而坐，相互吮吸的样子定然不同，加之吮吸时有吱吱的响声，那滋味，那乐趣——一幅合家欢，便妙趣天成。

蚬　子

蚬子是一种软体动物，介壳形似心脏，有环状纹，蚕豆般大小，生在淡水淤泥之中。在我老家极常见，极易见。农家孩子放了学，在泥渣塘拾螺螺时，一样能拾到蚬子。"拾"，当地方言，跟"捡"同义。

汪曾祺先生在《故乡的食物》中是这样写蚬子的：

蚬子是我所见过的贝类里最小的了，只有一粒瓜子大。蚬子是剥了壳卖的。剥蚬子的人家附近堆了好多蚬子壳，像一个坟头。蚬子炒韭菜，很下饭。这种东西非常便宜，为小户人家的恩物。有一年修运河堤。按工程规定，有一段堤面应铺碎石，包工的贪污了款子，在堤面铺了一层蚬子壳。前来检收的委员，坐在汽车里，向外一看，白花花的一片，还抽着雪茄烟，连说"很好！很好！"

清人李调元在《南越笔记·白蚬》中对蚬子也有很好的描述："粤人谣云：'南风起，落蚬子，生於雾，成於水，北风瘦，南风肥，厚至丈，取不稀。'"李雨村交代得挺细的。我的家乡人考虑得没这么细。似乎入夏之后，就可以捕捞到蚬子。

平日里，孩子们叫"拾螺螺"，而不叫"拾蚬子"，至于蚬子，则叫"趟"。在学校，听完老师所讲的一天课程，之后，扔下书包，三五个小学生，便提了篾篮子，扛了"趟网子"（乡间的一种渔具），钻芦荡，转漕沟，有路人问起："细猴子，做什呢？""趟蚬子去。"头也不回，自管往前走。用不了多会子，便能望到他们拎了满篾篮蚬子，回头了。

我们小时候"趟"到的蚬子，似乎是多个品种混合在一起，没有单一的品种。不像通常介绍的，黄蚬子、花蚬子、白蚬子区分得十分清楚。

村人对蚬子似乎不及对螺螺友善。拾来的螺螺养几日，便愿意一只一只剪去尾部，洗净做菜，而蚬子多是作了鸭饲料。普通农家，多半有三五只蛋鸭。听大人说，蚬子肉与壳一样有营养，蛋鸭吃了，容易盘蛋壳，不生软黄蛋，下蛋多，且大。自然，孩子们偶或会在饭桌上见到炖鸭蛋之类的佳肴。于是，钻芦荡，转漕沟，趟蚬子，便更来劲了。蚬子不及螺螺好养。螺螺拾回来，给它一只小盆之类，能养好几日，也不碍事的。蚬子则不行，时日一长，便会呲嘴，变质，有异味，只好倒掉。所以，要吃蚬子的话，趟回后，只需稍养一段时辰，洗净蚬贝上污物，便可用清水饷，——乡里人用语，本不甚考究，偶有一两处，倒颇精当。此处不用煮，而称饷，甚妙。饷好的蚬子，贝壳自然开裂，从贝壳中获得蚬肉，很是容易。乡里人，用蚬肉，或红烧，或清煮，或做汤，均是一道家常小菜。最是那烧蚬汤，叫人流涎。

饷好的蚬肉与青菜头爆炒，片刻之后，兑入饷蚬时的蚬汤，汤一滚，即需起锅，便可享用。这刻儿，蚬肉嫩，蚬汤白，菜头碧，尝一口，鲜美诱人。值得注意的是，这里用的青菜头儿，需是现时吃现时从地里拔上来的，方才鲜活；蚬汤，用饷蚬时的原汁，淀清后再兑入。这道菜，纯粹乡土。

因工作的缘由，居城中时光长了，无这等口福久矣。

平时对佛教缺少研究，因而孤陋寡闻，没想到竟有位僧人叫"蚬子和尚"。对这位京兆人氏，《神僧传》中这样记载："事迹颇异居无定所。自印心于洞山。混俗闽川。不畜道具。不循律仪。冬夏一纳。逐日沿江岸。采掇虾蚬以充其腹。暮即宿东山白马庙纸钱中。居民自为蚬子和尚。"

因其食"虾蚬"而落得"蚬子和尚"之别号，倒是蛮有意思的。更有意思的是，面对这样一位行为举止异常的僧人，引来不少同道纷纷"点赞"，至少也能说明"点赞"者的心态吧！不妨抄录一首，以示佐证。宋人释绍昙，给"蚬子和尚"赞道：

除了捞波一窨无,
逢人谩说走江湖。
蝦针取你性捞摭,
不到得拿龙颔珠。

虎头鲨

瓦盆重叠漾清波，

赚得潜鳞杜父名；

几日桃花春水涨，

满村听唤卖鱼声。

这首竹枝词中的"杜父"，即虎头鲨。在我们童年的印象里，虎头鲨这种野生小鱼，乡里极常见，乡民们俗称"虎头呆子"。

就是这野生小鲨鱼，叫法还真不少。汪曾祺先生曾著文说，"苏州人特重塘鳢鱼。上海人也是，一提起塘鳢鱼，眉飞色舞。塘鳢鱼是什么鱼？我向往之久矣。到苏州，曾想尝尝塘鳢鱼，未能如愿。后来我知道，塘鳢鱼就是虎头鲨。"

汪老还引了袁枚的《随园食单》："杭州以土步鱼为上品。而金陵人贱之，目为虎头蛇，可发一笑。"从袁才子的介绍中，虎头鲨又多了两名：土步鱼和虎头蛇。

这种鱼，身体颜色似土，冬天潜于水底，附土而行，故名土步鱼。而"虎头蛇"和虎头鲨，应该是一回事。此鱼属鱼纲塘鳢科，亦名沙鳢。其原产地为泰国、马来西亚等东南亚国家，还是一种养殖类鱼种，正规中文学名为：低眼无齿口鯻。

这就跟我们原先知道的大不一样了。在我们那里，有虎头鲨养殖，是好多年之后的事情。原先只有野生，无人工养殖。

对这种鱼的长相特点，汪曾祺先生也有描绘。汪老说，"这种鱼样子不好看而且有点凶恶。浑身紫褐色，有细碎黑斑，头大而多骨，鳍如蝶翅。这种鱼在我们那里也是贱鱼，是不能上席的。"

虎头鲨这种长相，"不好看"那是一定的。至于说"有点凶恶"，我们小时候倒是没有感觉得到。虎头鲨，粗看，扁扁的嘴，大大的头。细看时，竟是一身灰黑色虎皮斑纹；其头，倒真有几分虎气。我们感觉好笑的是，其徒担有一个"虎"名，并没有因此凶猛起来，反而落下个"呆子"的绰号。有点滑稽。你想，那时谁愿意去养殖这种既"不好看"，又"不能上席"的"贱鱼"呢？

况且，捕获虎头鲨的方法极简便。在苏杭一带，早就有"滨湖之家以瓦为阱或用破舟沉水中，隔宿起视则鱼已穴处焉"这样的古法。而在我们那里，只要寻得虎头鲨的居所，捕获则容易得很。老家属里下河水乡,河汊颇多,两岸红皮水柳,抚风点水。那河堤边,水柳根下,便是虎头鲨喜居之地。如若发现根茎内,隐有洞穴,这便是虎头鲨的窝,你只要一手拦住洞口,一手去捉,至少够一顿下酒菜的。这便是乡间摸鱼人常干的活儿。小时候,我和我的小伙伴们,也经常干这样的事儿。

虎头鲨性憨易捉,"呆"名源出于此。

虎头鲨手感粗糙,那一身"呆"肉,却极细嫩。做起汤来既鲜又白,且无丝卡,孩童也能尽情消受。据说,哺乳期女人如缺奶水,食之可催奶。《随园食单》中对虎头鲨制作亦有介绍:"煎之,煮之,蒸之俱可。加腌芥作汤,作羹,尤鲜。"旧时《杭州菜谱》里也记载了三道虎头鲨馔:春笋烧土步鱼,酱烧土步鱼,象牙土步鱼。宴席间常见的炒鱼片,多用乌鱼为原料,其实最妙是要数鲨鱼片了。鲨鱼一身顶精贵的,怕要数它鳃肉了。每条鲨鱼只能取下两块,极小,呈扁圆状。虽说精贵,可讲究一些的,净用这鳃肉炒菜,炒三鲜,煨汤,其鲜,其嫩,无可比拟。这在兴化乡间是极方便的一道美肴。

据说,当年宋庆龄在上海宴请几位来访外宾时,曾请上海名厨何其坤掌勺烹制了一款姑苏名菜"雪菜豆瓣汤"。需要言明的是,这"豆瓣"不是那种植物之豆瓣,而是取虎头鲨两块腮帮肉入菜。鱼呼吸时,靠的就是腮帮,几乎是动个不停,最活最鲜,也就不奇怪矣。不过,一条虎头鲨也只有那么两小片"豆瓣"肉,要烹制一碗"雪菜豆瓣汤",没有几十条虎头鲨是无论如何做不成的。当然,烹制技术也是重要的。

否则，出不来雪菜绿、"豆瓣"白、汤汁清之效果，给客人的观感、味感就差了。

民国《萧山县志稿》载，虎头鲨"出湘湖者为最，桃花水涨时尤美"。唐代诗人白居易当年离开杭州时，曾痴迷地写诗道："未能抛得杭州去，一半勾留是此湖。"清代诗人陈璨将白居易"勾留"的部分原因，归于虎头鲨、团脐蟹之类美味，也不是没有道理。其《西湖竹枝词》有云：

清明土步鱼初美，
重九团脐蟹正肥，
莫怪白公抛不得，
便论食品也忘归。

泥　鳅

池塘的水满了雨也停了，

田边的稀泥里到处是泥鳅。

天天我等着你，

等着你捉泥鳅。

大哥哥好不好，

咱们去捉泥鳅。

小牛的哥哥，

带着他捉泥鳅。

大哥哥好不好，

咱们去捉泥鳅。

这首名叫《捉泥鳅》的台湾校园歌曲，诞生于上个世纪七十年代。

词和曲均出自台湾著名音乐人侯德健,由那个年代最具代表性的民歌手包圣美演唱,立刻风靡宝岛台湾,之后传播到大陆,广为传唱。这在我们这个年岁的人,印象是很深的。

泥鳅的分布是极广的。不止是中国大陆、台湾有,日本、朝鲜、俄罗斯以及印度等国家都有。说到日本,曾有一任"泥鳅首相",野田佳彦。这位日本第95任首相,在当选前一天,也就是2011年8月29日的选举演讲中,说了一段后来影响广泛的话,他说:"泥鳅想学金鱼也没用,我也不想变成金鱼……就像朴素的泥鳅,我将努力为公众服务,推动政治前进。"此语既出,"泥鳅首相"之名在日本声名远波。不仅如此,被他引用的日本已故诗人相田光男的俳句《泥鳅》——"泥鳅啊,你也装不成金鱼吧"再度风靡日本,让诗人著作因此大卖。想来,即便诗人在世,也会出乎诗人意料吧?

在我们那儿,也有一则乡间俚谣,几乎是人人皆知。其词如下:

五月里是端阳,

黄鳝泥鳅一样长;

八月里是中秋,

黄鳝是黄鳝,

泥鳅是泥鳅。

泥鳅，与黄鳝相比，形体短且胖，多呈黄色，偶有灰色花纹的，亦无鳞，小嘴，有短须。泥鳅，身滑，喜动，难捉，多借淤泥藏身，到也不枉用了一个"泥"字。早年间，兴化多沤田，泥鳅极多。农家孩子放了晚学，丢开书包，便到沤田、漕沟里张"卡"。"卡"用芦苇作杆，蚯蚓作诱饵。晚间张下去，第二日清晨去取，每杆卡上都有一条上了当的大泥鳅，活蹦乱跳，肥肥胖胖。

泥鳅，被称之为"水中人参"，性味甘平。李时珍《本草纲目》中记载，泥鳅有暖中益气之功效，"补中、止泄"。

泥鳅的做法极多，泥鳅汤较常见，做法亦简。主要原料当然是泥鳅，配以水发木耳、春笋之类。制作时，先处理泥鳅，用热水洗去黏液，去内脏，洗净，用油煎至金黄。再做配料准备，在烧开的油锅里放入葱末、姜末，稍炸后，加入木耳、笋片，炒上几炒，适时加适量清水。此时，放入泥鳅，加料酒、食盐少许，煮熟即可食用。

这里，看似平常的加水环节，值得注意。"适时""适量"二词最难掌握。"适时"，配料准备时，炒制火候要恰好，否则，配料之味出不来，食效不佳。"适量"，其实不只是这道菜，其他菜品对加汤亦如此。讲究一次加到位，多不得，少不得。多则味寡，少则易煳，皆不可取。中途加汤，则原味尽失，乃烹饪大忌。

泥鳅体胖多肉，当然也可红烧，可做成泥鳅丸子，以作配菜之用。值得一提的是，我的故乡，民间流传着一种"泥鳅钻被单"的做法。

先将活泥鳅洗净,放到清水里养至数日,使其吐净体内污物。这里有个小窍门,往清水里滴几滴食油,泥鳅吐污会更彻底。然后,将活泥鳅放至配好佐料的豆腐锅里。此处亦有注意点,豆腐需整块的,养汤为宜。之后,温火慢煨,渐加大火势。待汤热了,泥鳅自觉难忍,便钻进此时还凉阴的豆腐内去了。终至汤沸,泥鳅便藏身豆腐,再也出不来也。端出享用,其嫩,其鲜,其活,其美,妙不可言。

这道菜,虽上不得正儿八经的宴席,可不比一道"大烧马鞍桥"差,且只有入得乡间才能一饱口福。

鳑鲏儿·罗汉儿

鳑鲏儿、罗汉儿都是体型极小的小鱼。比较起来,鳑鲏儿更好玩一些。

先说鳑鲏儿。

鳑鲏儿,跟我们小时候玩的铜板那般大小,扁扁的肚皮,小小的头,细细的眼。这种鱼好玩,好玩在它的小巧。鳑鲏儿的大小,是以毫米为单位的,多数为50-60毫米,小的仅30-40毫米,真的是惹人爱怜的。再者,鳑鲏儿,从古籍中查得的名字,典雅得很,似乎不是这样一个小小鱼儿能配的。在《尔雅》中,有"鳞鲏""鳜鳑"之称;在《古今注》中,有"婢聂""青衣鱼"之称;在《医林纂要》中,有"文魮"之称;在《尔雅翼》中,叫"旁皮鲫";在《滇南本草》中,叫"鲆鱼"。凡此等等,真是五花八门。

说鳑鲏儿好玩,好玩在它们群居。见到它们时,总是一趟一趟的,极少有孤零零的，一两条散户的。这样它们行动起来，不一样了，有了派场，有了气场，不可小觑。

别看它们的外型没多少差别，但身体的色彩和纹路，则多种多样。有浑身亮晶晶的，眼睛尾巴对应有小红点儿的；有身体中央贯穿一根蓝线，尾部留有红斑点的；有背鳍、胸鳍带紫红色，身体后半部分临近尾部中央有一小段蓝线的；有下颚、前腹部，以及胸鳍，三处都呈金黄色的；有背鳍、胸鳍，呈黑色，整个身体中央，似一道墨线一般的；有背鳍、胸鳍、尾鳍，以及身体中央都呈多彩的……实在是色彩斑斓，不能一一细述。

这种鱼，生性活泼，在水中亦有翩跹舞姿，试想，那该是何等绚丽，何等浪漫！难怪这鳑鲏鱼，赢得了水中蝴蝶之美誉。看着它们成群成群的，在水中悠然而行，真的有如蝴蝶纷飞于天空，给人别一样的美。

鳑鲏儿，还有个好玩之处，在于它们的繁殖。在繁殖期，雄性周身呈现色彩比平时更为艳丽，被称之为"婚姻色"；雌性则拖着长长的输卵管，在雄性陪伴下，结伴而游。此刻，它们寻找的重要目标，是有河蚌的所在。雌鱼只要发现河蚌，便会主动将输卵管插入蚌体的入水孔中，随后将卵产在蚌体之中，而雄鱼也会跟进，在雌鱼产卵处射精。如此，它们便完成了繁衍后代的重要使命。鳑鲏鱼的受精卵在蚌壳内无忧无虑地生长发育，直到孵化成幼鱼，方才离开。

让人觉得好玩的是，在鳑鲏鱼完成它们的重要使命的同时，河蚌也没有闲着。因为河蚌的产卵期,正好与鳑鲏鱼相同,所以,当鳑鲏鱼将卵产在蚌体之内的同时,河蚌也将卵散在了鳑鲏鱼的身体上。河蚌的卵粘附在鳑鲏鱼的鳃、鳞、鳍上,吸收着鳑鲏鱼身体的营养,过着寄生生活,直至变化形态,转为幼蚌,方才破包囊,坠入水中独自生长。

这鳑鲏鱼与河蚌倒真是友爱,相互之间替代对方,抚育后代,形成了一条独特的生物链。据说,不同的鳑鲏鱼,产卵时,还会寻找不同的蚌体。

再说罗汉儿。

罗汉儿,学名麦穗鱼,因其线条流畅,形似麦穗,故而得此名。除了这"麦穗"之称尚且算得上是雅称之外,其"草生子""混姑郎""肉柱鱼""柳条鱼"等诸多俗名,真是俗不可耐,让人有些为这罗汉儿叫屈。

在我的印象里,如果鳑鲏儿是水中蝴蝶,那么罗汉儿便是水中健将。这从它的体型上就看得出来。这罗汉儿,与鳑鲏儿迥然不同,长长身子,圆滚滚的,满身是肉不多肉。

水中游动着的罗汉儿,身体匀称,水中姿态流畅,整体具有美感;身长背高,体型雄浑有力,水中气势明显占优;再加之,背鳍张如扬帆,提速很是迅急,活脱脱一健将尔。

当然,这鳑鲏儿、罗汉儿也有不运动的时候。那它们多半会停歇在河堤边的沙泥上。若是到了农家淘米煮饭的当口,那村庄的水桩码头上，大姑娘、小媳妇手中的淘米箩一下水，手在箩中搅拌几下，便有淘米水漫漾开去，吸引得成趟成趟的鳑鲏儿，翩跹而来。罗汉儿则快速行动，在淘米水荡漾着的水面，来回穿梭，大口吞食。还有一种俗名"沙姑子"的小鱼，它就表现得与鳑鲏儿、罗汉儿完全不一样，它要等到淘米水浆荡漾到自己的身边，才肯张开嘴，坐享其成。

罗汉儿不及鳑鲏儿中看。我们小时候，常常从小河里逮些个身体上带彩的鳑鲏儿，放在家里养着玩。我自己就曾用淘米箩捉过一种红眼绿肚皮，且浑身都闪着绿光的鳑鲏儿，装进小瓶子中玩赏，很是当作个"宝贝"呢。然而，那鳑鲏儿模样再好看，也养不过一天。死了，并不伤心，家前屋后的小河里，鳑鲏儿多着呢，只要你愿意，逮就是了。

乡里人弄罗汉儿，也弄鳑鲏儿，不是为了养，而是作小菜。村上，时常可听到渔人的吆喝："鳑鲏儿罗汉儿卖哟——"其声甚是悠扬，问之价，答曰："二毛五一斤！"极便宜。

村里人吃罗汉儿、鳑鲏儿自有一种吃法。将罗汉儿、鳑鲏儿混在新鲜的水咸菜里，再加佐料红烧，烧好之后，使其冰成鱼冻，第二日，才端出享用。

这时罗汉儿、鳑鲏儿进得口去，软且滑，鲜且辣，凉中见爽，辣中生暖，其味自有一种美妙。

不过，这种吃法只有在隆冬时节。有童谣唱曰：

冬天冬天快快来,

鳑鲏儿罗汉儿烧咸菜,

哪个见了,

哪个爱。

长　鱼

长鱼，无鳞，形体特长，多钻淤泥生存，亦有洞居。长鱼正经八百的名字叫黄鳝。然，村人中从未这般叫过。倒不是那黄鳝的"鳝"字，认得的人不多，即便读了几年大学，回得家乡，从乡亲宴请的餐桌上见到黄鳝，也会呼之曰：长鱼。其中缘由，三言两语，想叙说清爽，颇难。

故乡一带，见到的野生鱼中，形体长的，怕难超过长鱼了。乡里人称黄鳝为长鱼，倒是名副其实，大实话一句。乡里人自然晓得长鱼的特性的。长鱼，或"张"，或"逮"，均可取得。张长鱼，与张泥鳅不同。张泥鳅，用的是"卡"，张长鱼，则需要"丫子"（这一带，民间的一种渔具，"人"字形，芦柴篾子制作而成，考究的也有竹篾子做的），张长鱼，在乡里孩子嘴里便成了"张丫子"。初学的孩子，用草绳兜起十来只丫子，背在身后，也有分成两半，用竹竿挑在肩头的,嘴里念叨着大人教给的秘诀:"冬张凸壁,夏张凹。"寻得栽好秧苗的水田,沿田埂边,张下丫子,七八步远张一只。张丫子时,先理好一臂长左右的田埂,之后,将丫筒子淹水埋下,用淤泥在丫筒两端围成喇叭形,丫子带小帽的一端稍稍翘出水面,这样便成了。值得注意的是,丫筒两端,不宜淹水过深,深了无长鱼进去。但一定得淹入水中,若有筒口露出水面,弄不好会有水蛇进去,那便是张蛇的了。丫帽的一端翘起亦需适宜,过翘与不翘均不理想。傍晚,将丫子张下水田,翌日大早去收。丫子张长鱼,靠的是丫筒两端"丫须"上的倒刺,长鱼顺刺而入,逆刺难出,因而,入得丫筒的长鱼,想往外溜,则相当不易。

说起逮长鱼,想到梁实秋有一自相矛盾的说法。梁先生在《雅舍谈吃》一书中提及,他小时候,家里的"鳝鱼是放在院中大水缸里的,鳝鱼一条条在水中直立,探头到水面吸空气,抓它很容易,手到擒来"。随后又说,"因为它粘,所以要用抹布裹着它才能抓得牢。"

"手到擒来",说明易捉。而"用抹布裹着它才能抓得牢",则说明不易捉。岂不自相矛盾?其实,这逮长鱼,还真是个技术活儿,正所谓,会者不难,难者不会。而对于土生土长的农村孩子来说,逮长鱼,没有什么费难的,均在行得很。

夏夜,三五个孩子成了帮,提了铅桶之类,点了醮满柴油的火把,在秧田间的小道上徐行,红红的火把下,偶见田中有长鱼,伸头出水,仰身朝天,浑身黄黄的。这当儿,便有人悄悄蹲下伸出中指,插入水中,贴近长鱼时,猛用劲一"锁",长鱼便"锁"住了。夜间,长鱼似眠非眠,体内乏力,多沿田埂缓行,一旦受惊则猛窜,想逮,就难了。乡里孩子多有一手"锁"长鱼的功夫。一夜下来,逮个五六斤,向来是不算个事的。但,也有转了一夜田埂,收获甚微的。总不能空桶而归,于是,干起那顺手牵羊的好事,——倒"丫子"。将别人张好的丫子,一一倒过,再张下。那张丫子的,只得自认倒霉了。因为,半夜起过身的丫子,再进长鱼的,少得很。这当中,弟弟晚上逮长鱼,夜里倒了哥哥张的丫子,这种事,也不是不曾有过。

那时节,长鱼倒是便宜,五六毛钱一斤。农村人,自家孩子张的,逮的,要吃了,从小水缸里捞出斤把二斤来,饷好,划了与韭菜爆炒,挺下饭的。说到长鱼与肉红烧,那是城里现时的吃法,早先的乡间则不这般做。一来既吃鱼又吃肉,太浪费,二来鱼、肉在一起需慢煨,没工夫。不如韭菜炒长鱼,下锅一刻儿就好,好了往饭碗上一堆,带了饭碗就能下田了。农人的时光哪能在锅台上浪费了呢?

至于梁实秋先生在《雅舍谈吃》中所写黄鳝入菜的种种做法,则沾了一个"雅"字,乡里极少见。不过,他倒是带着极强的个人色彩来谈的。感觉得到,梁先生对"炒鳝糊"没有太多好感,甚至有些不以为然,在他看来,煮熟的黄鳝"已经十分油腻",再"浇上一股子沸开的油",似乎没有什么必要。而那些"大量笋丝茭白丝之类,有喧宾夺主之势",不满之情绪已十分明了。于是,"就不能不令人怀念生炒鳝鱼丝了"。

看得出来,梁实秋先生对这道"生炒鳝鱼丝"的介绍,完全是喜形于色了——

我最欣赏的是生炒鳝鱼丝。鳝鱼切丝,一两寸长,猪油旺火爆炒,加进少许芫荽,另盐,不须其他任何配料。这样炒出来的鳝鱼,肉是白的,微有脆意,极可口,不失鳝鱼本味。

当然,梁先生对淮扬一带的"炝虎尾"给予了认可:

淮扬馆子也善作鳝鱼,其中"炝虎尾"一色极为佳美。把鳝鱼切成四五寸长的宽条,像老虎尾巴一样,上略宽,下尖细,如果全是截自鳝鱼尾巴,则更妙。以沸汤煮熟之后即捞起,一条条的在碗内排列整齐,浇上预先备好麻油酱油料酒的汤汁,冷却后,再洒上大量的捣碎了的蒜(不是蒜泥)。宜冷食。样子有一点吓人,但是味美。

如今,梁先生所列举的黄鳝的一些作法,城里的酒店多半都已列入菜单。惟有这"炝虎尾",至今无缘得以一见。

毛　鱼

　　毛鱼，规规矩矩地该叫鳗鱼。古称刨花鱼。说是鲁班在巢湖中修建庙宇时，刨花落入湖水之中变化而来。显然，这是为其古称找个说法罢了。

　　毛鱼与长鱼仿佛，身体长而无鳞，形体圆乎乎，滑溜溜，无一定技能者，捉之不易。两者外观色泽不同，毛鱼其背部呈青灰，腹部银白。

　　既然毛鱼仅存民间口头，那我在这小文往后叙述中，也规矩一回，将毛鱼换称为鳗鱼。

　　据说，全世界有鳗鱼18种，以其生存地域可分为河鳗和海鳗两大类。河鳗，又有蛇鱼、风鳗、白鳗、白鳝、青鳝、青鳗、流鳗等称谓；海鳗，亦有黄鳗、青鳗、赤鳗、海毛鱼、即勾、狼牙鳝、青鳝、白鳝、牙鱼等称谓。另外还有沙毛鱼、黑羽毛鱼之说。最是那"黑羽毛鱼"，通体乌黑，样子古怪，有点儿吓人。所以落下个"黑魔鬼"的坏名声，也是咎由自取，不值得同情。借名的，还有毛毛鱼，跟毛鱼除了同属鱼类，实在是没有任何血缘关系。而借名借得有点离奇的，属两种植物：毛鱼黄草和毛鱼臭木，那真的与毛鱼半毛钱的关系都没有。让自己的大名冠以"毛鱼"二字，只能说明这大千世界，实在是丰富多彩。

鳗鱼是一种洄游鱼类，原产于海中，溯游至淡水水域长大，后回到海中产卵。每年春季，大批幼鳗成群结队，浩浩荡荡，从大海长途远游进入江河口。雄鳗鱼通常就在江河口定居生长，而雌鳗鱼则逆水而上，溯游进入江河流域以及与江河相通的广大湖泊，之后便在江河湖泊中安家生长、发育。

说起来，鳗鱼还是有其神秘色彩的。其洄游的过程，极其艰辛，且不说它。这个过程中，鳗鱼绝食时间达一年有余，实在让人类难以想像，觉得不可思议。还有就是，鳗鱼的性别转换，让我们同样觉得不可思议。原来鳗鱼的性别，受环境因素，以及它们生存密度的影响，当生存密度高，而食物又不足时，雌鱼会变成雄鱼；当生存密度低，且食物丰富时，雄鱼则会变成雌鱼。有专家称，人工养殖的鳗鱼，寿命可长达五十年，也算是长寿鱼了。当然，与"千年乌龟万年鳖"比起来，似乎不值一提矣。

鳗鱼，往往昼伏夜出，喜欢流水、弱光、穴居，常在夜间捕食，食物中有小鱼小虾之类。说起来让人有点不可接受的是，这鳗鱼非常喜欢食用腐烂动物尸体。

儿时的记忆里，夏季，农家孩子的乐园在河汊。游水，摸虾，踩蚌，掏蟹，营生可多啦。细猴子，浑身精光，出入水中，清凉惬意，自由自在。偶尔，会从河中飘浮着死猪、死狗之类头颅骨中，捉出条鳗鱼来，其过程虽然有些令人作呕，但捉到肥肥胖胖的鳗鱼，还真是叫人开心死了。要知道，那时候，农家的餐桌上很难见荤腥的。好不容易捉到的鳗鱼，此时一定双手"锁"紧，两腿踩水速游，近得水桶，才慢慢放入，不致让其窜入河中。那可就前功尽弃也。这时候，三五个细猴子，围了水桶，好一阵观看。见那细头，长身，浑身肥得快冒油的鳗鱼，在水桶里来回游动，馋得口水直往外流了。

即便是流口水了，鳗鱼拿回家，也还是不见下锅。被大人腌制起来了。时隔数日，家中窗台上便能看到些许咸鳗鱼段子，太阳底下晒得直冒油。征得大人允许，挑两三段，放在小钵子里，配上油、盐、姜、葱之类，就着饭锅里炖。上得餐桌，多为孩子们享用，大人偶尔尝一下。那滋味真不错，油渍渍，香喷喷，肥段段，好不解馋。

在我的故乡，鳗鱼用钩"张"，用网"拉"，皆可得。这里打渔人，独船作业，便是"钩张"。三五条渔船聚在一处，便用网"拉"。几"墙"网一齐下水，船在河中行，人在两岸走，纤绳拉得紧绷绷的，号子喊得响亮亮的，惹得农家孩子三五成群溜到圩岸边观看。也有大人提了小篮子在岸上边看边等，网一出水，能买些"刀子""白条子"之类的小鱼，一来价钱便宜，二来活蹦乱跳的，回家就下锅，讨个出水鲜。

那鳗鱼,肥肥胖胖的,躺在鱼桶里,模样挺讨人喜欢的,只是价钱太贵,乡里人则不开这个口的。

鳗鱼被称作是水中的软黄金,历来被视为滋补、美容之佳品。日本人的烤鳗饭颇为有名,现在传遍中国诸多城市也。尤被现时的年轻人青睐。

在我国的古代典籍《掌中妙药》《圣惠方》《本草纲目》中均记载了鳗鱼的神奇食疗功效:补虚、暖肠、祛风、解毒、养颜、愈风,疗伤腰肾间湿风痹,治传尸疰气劳损,暖腰膝、起阳,治小儿疳劳、妇人带下。

鳗鱼肉肥味美,煎炸、红烧、炒、蒸、炖、熬汤,无所不可。前面所述晒干后的鳗鱼段子,有个专有名词,叫"鳗鲞"。食用时可用水发之,切丝入汤,味道也很好。

鳗鲞,在我的印象里,是不用水发的。我们家中多半是加配好的佐料,也就是寻常葱姜之类,置于锅内隔水蒸,蒸熟之后的鳗鲞,如前文所言,"油渍渍,香喷喷,肥段段,好不解馋"。这些都是民间做法。清代袁才子在《随园食单》中有三道鳗鱼的做法,较为典型,现抄录如下:

汤鳗

鳗鱼最忌出骨,因此物性本腥重,不可过于摆布,失其天真,犹鲫鱼之不可去鳞也。清煨者，以河鳗一条，洗去滑涎，斩寸为段，入磁罐中，用酒水煨烂，下秋油起锅，加冬腌新芥菜作汤，重用葱、姜之类，以杀其腥。常熟顾比部家用纤粉、山药干煨，亦妙。或加作料，直置盘中蒸之，不用水。家致华分司蒸鳗最佳。秋油、酒四六兑，务使汤浮于本身。起笼时，尤要恰好，迟则皮皱味失。

红煨鳗

鳗鱼用酒、水煨烂，加甜酱代秋油，入锅收汤煨干，加茴香、大料起锅。有三病宜戒者：一皮有皱纹，皮便不酥；一肉散碗中，箸夹不起；一早下盐豉，入口不化。扬州朱分司家制之最精。大抵红煨者以干为贵，使卤味收入鳗肉中。

炸鳗

择鳗鱼大者，去首尾，寸断之。先用麻油炸熟，取起；另将鲜蒿菜嫩尖入锅中，仍用原油炒透，即以鳗鱼平铺菜上，加作料煨一炷香。蒿菜分量，较鱼减半。

甲　鱼

早些年，入得乡间，时常可见农家屋梁上悬着个"候风鸟"。

问及主人，得知，这"候风鸟"的妙处在于，每日里，观鸟头所指便知风向。此鸟这般通灵性，定非常物。

再问主人，方得知，此鸟纯粹乡人饭余之作，源于一只甲鱼之全骨。吃剩下的甲鱼骨，不损，不散，全部洗净，巧妙组合，便可得一只"候风鸟"。

悬在梁上，猛一看，栩栩如生，似一只飞来筑巢之鸟，倒叫人叹此技艺。

这甲鱼，学名称之为鳖，俗名除了甲鱼之外，还有团鱼、圆鱼、水鱼，以及王八等众多别称。这当中，团鱼、圆鱼因形体得名，水鱼则更好解，甲鱼生存于水中，有此称，很正常。倒是"王八"之谓颇费解。细究下来，有这样三解：一是语出《史记·龟策列传》，记述了八种龟，其第八种龟名"王龟",于是有了"八王龟"之说。久而久之,便衍生出"王八龟"。而龟鳖同类,这"王八"之名也就用到了甲鱼身上。二是语出"忘八端",将"王八"喻指忘了孝、悌、忠、信、礼、义、廉、耻八种品德之人,这从清代史学家赵翼所著《陔余丛考》可以佐证。三是语出北宋欧阳修《新五代史》专著,有这样的记述:"王建字光图,许州舞阳人也。隆眉广颡,状貌伟然。少无赖,以屠牛、盗驴、贩私盐为事,里人谓之贼王八。"

这里三处"王八",皆为贬义。这似乎又不太合古之习俗。唐代诗人贾至有《巴陵夜别王八员外》一首:

柳絮飞时别洛阳,
梅花发后到三湘。
世情已逐浮云散,
离恨空随江水长。

此诗写的便是谪守巴陵的贾至,为被贬长沙的"王八员外"送别,同病相怜的两个人,有一番怎样的离愁别绪,且不去管他们。从诗题中可以看出,这员外名号"王八",似乎并不忌讳"王八"所含贬义。而无独有偶,杜甫也曾写过与贾至同题诗。以"王八"作为自己名号的看起来,不在少数。这似乎就是古人的一个排行习俗,姓王者,排行第八，名为"王八"，极其自然。看起来，其时，像"王八"这样的叫法，并不含贬义。想来，"王八"有贬义，始于"贼王八"。再有"王八蛋"之类骂人之语，似由"王八"产卵引伸而来。

而甲鱼产卵，需在交配之后。性成熟的甲鱼，往往一次交配，多次产卵。其产卵多半在下半夜，所产卵均自己挖洞埋于沙土。区别甲鱼卵是否受精，有个小窍门，就是看卵壳上是否有不透明、呈乳白色的小圆点，有，则为受精卵。

李时珍在《本草纲目》中对甲鱼有较为详细的介绍：

鳖，甲虫也。水居陆生，穹脊连胁，与龟同类。四缘有肉裙，故曰龟，甲里肉。鳖，肉里甲。无耳，以目为听。纯雌无雄，以蛇及鼋为匹。故《万毕术》云：烧鼋脂可以致鳖也。夏日孚乳，其抱以影。《埤雅》云：卵生思抱。其状随日影而转。在水中，上必有云：涸水之精 制也。又畏蚊。生鳖遇蚊叮则死，死鳖得蚊煮则烂，而熏蚊者复用鳖甲。物相报复如此，异哉！《淮南子》曰：膏之杀鳖，类之不可推也。

这段描述中有这样的句子，"纯雌无雄，以蛇及鼋为匹"。说甲鱼只有雌的，没有雄的，只能与蛇、鼋之类交配，现在看来显然是错误的。就甲鱼而言，雌的体厚尾巴短，甲裙厚，肉肥，味最美，而公的则体薄尾巴长，甲裙亦薄，肉感要稍差一些。

有人将甲鱼的生活习性概括为"三喜三怕":喜静怕惊,喜阳怕风,喜洁怕脏。甲鱼平常最喜欢做的一件事,就是晒背。风平浪静的河岸边,大白天经常能看到甲鱼,趴在向阳的堤岸边晒太阳,那般懒洋洋的,惬意得很呢。

故乡有一处叫"垛田"的所在,四面环水,形似小岛,上面设了公墓。早先,公家没号召火葬时,村子上人,生老病死,均上垛田。

一因环水,二因怕鬼,故而,垛田上少人迹,杂草丛生,野雀成群。那四周的沙滩地,便成了甲鱼繁衍生息的极好所在。

夏日里,三五个孩子拖了水桶,在河汊摸河蚌时,常常看到三三两两的甲鱼,懒洋洋地,浮水四望,也有安安稳稳蹲在坑里下蛋的。我们这帮孩子气不过,从桶里拿起摸来的河蚌,往河滩上砸,吓得晒背的甲鱼,慌忙翻入水中,落荒而逃。这刻儿,河面上便会响起孩子们开心的大笑,我们虽然抓不到它们,给它们来个恶作剧,心里头也是蛮爽的。

如今几十年过去,我每年清明几乎都会回老家祭祖。然,家乡的垛田依旧,四周河滩上,再也没有甲鱼出没了。

那时的故乡人,对捕捉甲鱼还是很在行的。那纵横交织的河汊之上,甲鱼颇易捕捉。其捕捉之法,倒也简便。有钩张的,也有叉戳的,当然是在夏日。冬天也有,极少。

用钩张,只需从村里代销店买上包把小号针,以针为钩,用卡线一个一个拴好，且间距适中便可。临张时，以新鲜的猪肝为饵，挽上，沉入甲鱼时常出没的河汊，等待馋嘴的甲鱼上钩。

张甲鱼，不像张其它鱼，不一定临晚下钩、清晨起钩的。大白天，一样可以张钩，起钩。

用叉戳，一般在中午为好，盛夏炎热，骄阳似火，烧得人脊背上直"冒油"了，甲鱼正适意。这刻儿，甲鱼多半会懒洋洋地划动着四肢，浮出水面，四下探望。隔一会儿，寻好一处朝阳河滩，懒懒地爬到滩边，利索地扒塘。懂行的一望便知，甲鱼要下蛋了。塘扒好之后，便见甲鱼静静卧下。它哪晓得，背后一只鱼叉，早就悬着了——阿弥陀佛。

现在，甲鱼卖到百十块钱一斤了。城郊结合处，时不时有面相颇为憨厚的农人，扛着铁锹，锹头上挂着一只甲鱼，装在网兜里，张牙舞爪地，动个不停。有人路过，农人便会主动上前答话，"下田，无意中挖到的，纯野生。家中有孩子暑期过后要上学，缺学杂费呢，行行好，帮帮忙，也不贵卖，二三斤呢，就两张整的好了。"农人说得言辞恳切，过路者十有八九会心甘情愿地掏出两百大洋。

细心者，没用多久便会发现，这样的农人似乎不止一个，同一个农人也不止一次地在某地反复出现。甲鱼大都上了城里人正正规规的宴席，贵为主菜，大宴必有，哪里还有那么多"野生"的哟。

关于甲鱼烹饪之法，清人袁枚在《随园食单》中就提到生炒、酱炒、带骨、青盐、煨汤、全壳等多种做法，恕不一一介绍。值得一提的是，甲鱼骨中有一种弯曲的小扁骨,一头弯得颇长,一头较短,弯曲处很是圆滑,端点较尖,城里人派了它一个极妙的用武之地:剔牙。

不知何人首创,真是绝极、妙极。想来,此君无专利概念,不然怎么会让港商搬去此法,成批加工,专制此剔牙器具呢?据说,一只卖几美元呢。

久违了,农家屋梁上的"候风鸟"。

黑　鱼

　　黑鱼倒是名副其实的。浑身黑笃笃的，脊背尤黑。至腹部，鳞色淡成瓦灰，如接二连三飘浮来的瓦灰云。因而，无论是俗名"黑鱼"，还是学名"乌鳢"，都由其身体颜色而赋名。

　　这种鱼，一见就是一副凶相，不好惹。最是那一口利齿，张口便咬，厉害得很。小鱼小虾，从其身边经过，那便是如同到了鬼门关，九死一生，在劫难逃矣。

　　黑鱼，在捕食之时，往往取凶猛之势，攻击迅疾而有力，以一举捕获为必杀技，从不拖泥带水。这跟它的身型有很大关系。其黑色的脊鳍、腹鳍，短且小，紧贴身体，浑身圆溜溜，实在在，无什多余的附着，显得干练、流畅、精神。这种模样，天生就是好战分子。不仅小鱼小虾不放过，就是自己的同类，也会自相残杀。因此上，那些以开挖鱼池为基地，从事养殖的养殖户，最担心的，便是鱼池中出现黑鱼。

只要有一条黑鱼存在，所养殖的其它鱼类，生存难矣。

在我的老家，早年间多沤田，水汪汪的，只种一季水稻。一个成人，站在沤田里，都要陷至大腿根部的。这沤田里，多水，多淤泥。往往是一到春夏发水时节，沤田里便会毫无由来的生出许多的鱼来，野生的小鱼小虾不谈，上斤两的鲫鱼、鳊鱼、鲤鱼，还有昂刺鱼、季花鱼、泥鳅、黄鳝之类，这当中让人捕获之后感到兴奋，有捕获感觉的，便是黑鱼。

也许有人会问，你刚才不是说，有了黑鱼，其它鱼难以生存么？这沤田里，怎么会有那么多大大小小的杂鱼，且又存有黑鱼呢？这得要容我再细述一番。

上述所言那些杂鱼，其实是过水鱼。多为发大水从河汊里溯游进入稻田之中。而黑鱼，就不一样了。它属地地道道的原住民，生活在这稻田里时间久矣。有的甚至经过干旱季节，黑鱼都能深藏于田底潮湿的淤泥。这要是从沤田里捉到一条，那就是不得了的巨无霸了。当然，这样过大的黑鱼，吃起来味道反差了，原因便是活得太久，肉质老掉了。

故乡人之于黑鱼，多半是叉戳，钩钓。

夏日里，菱蓬、水草繁旺的水面，偶或有黑鱼乌儿（黑鱼幼年的俗称）出没，成趟成趟的，东游西荡，时儿露头叭水，时儿水底嬉戏，样子甚是顽皮。懂鱼性的，一望便知，深水处定有老黑鱼。这里，有个细节需要交代，到了交配期的黑鱼，无论公母，都会嘴衔长长的水草，忙碌着为自己产卵筑巢。只要你在一片水面当中,看到一处水草浓密的所在,那多半是黑鱼的产卵的巢。母黑鱼会把卵产在浓密的水草丛中,之后,公黑鱼随即会在此射精。由此,两条亲鱼,便形影不离,守护于此。以防自己的后代遭遇不测。它们自然知道,这新产的卵,不用说其它方面的威胁,仅是同类的威胁,就已经让两条亲鱼马虎不得。巡逻,看守,一刻不离,即便到了小黑鱼鸟儿出世,由小蝌蚪状,脱胎成形,两条亲鱼也总是不肯离开它们的后代。没想到,如此凶残的黑鱼,竟然这般疼爱自己的子女,总是暗中保护,不离不弃。也真是奇了。

对于捕鱼者而言,发现黑鱼鸟儿之后,只要手持鱼叉——一种捕鱼用具,构成颇简单:一根竹杆子,粗细、长短均相宜。端头绑上铁制叉头。叉头共五个爪,围成圆形,尖尖的。周围四个,一般长短;中间一个,稍长,且有倒刺。鱼戳上去,想逃,难矣。

悄悄沿堤岸,跟上一个时辰,把准时机,下叉。一条活蹦乱跳的黑鱼,便戳住了。这刻儿,若是得意洋洋,拎了新捕获的黑鱼,扛了鱼叉,往回走,那就错矣。

何故?原来,疼爱自己的子女,是两条亲鱼共同的责任,在护佑幼鱼阶段,它俩是形影不离的。还有就是,两条亲鱼之间,可谓是夫妻恩爱,夫唱妇随。此时,你戳了一条,另一条定会在此来回寻找。只要稍事歇息,故技重演,自有收获。

当然,用叉,不精不行。不精,往往叉下去了,不见有鱼。那黑鱼,虚惊一场，早跑了。用叉没把握的，便是用钩钓。

钓黑鱼，与钓一般的鱼不同。一是钩，与一般的钓鱼钩有区别，得大，且长。二是诱饵，颇特别。不如钓其它鱼那般讲究。常见的是泥团子。三是钓法不一样。钓其他鱼，讲究静坐。钩下水，一沉个把小时，一动不动，也是常事。钓黑鱼，则用粘土做成的小团子，挽在钩上，就了黑鱼乌儿出没之处，尽往乌群中丢。丢下，提起。丢下，提起。如此反复，动个不停。泥团击水，发出"咚、咚、咚、咚"的声响。那暗中保护子女的老黑鱼，察觉有敌来犯，便毫不犹豫地出击，大嘴一张，便上钩了。

黑鱼到得厨师手中，若是割鱼片，做成炒鱼片、炒三鲜，以及酸菜鱼之类，肉嫩，味鲜，令食者不忍停箸。在我的印象里，一道酸菜鱼，在众多地方风靡，故乡有以此为生者，做出一道"白雪酸菜鱼"，其鱼片只选黑鱼鱼片，加之厨艺、配料皆有独道之处，因而火得很，没几年工夫，竟成了地方一个品牌，生出若干连锁店来。想想也不奇怪，这酸菜鱼前面，加"白雪"二字，就颇叫人向往。实在说来，店主只是如实告知罢了，这黑鱼割出的鱼片，真的是秀泽诱人，洁白如雪。

在一般家庭之中，黑鱼烧汤极常见。将洗净之后的新鲜黑鱼，切段子，配了葱、姜之类的佐料，加适量料酒爆炒。之后，加汤炖烧。炖烧时，用足火功，适时加些荤油。汤色渐至乳白，且有粘汁，便可起锅。其时，尽可弃了鱼段子不管，但用那汤，奇鲜。不过，小胡椒不可不放。那浑身黑笃笃的黑鱼，做起汤来，纯粹乳白。

怪呢。

虾　子

在乡间孩子眼里，虾子是位了不起的游水能手。村河边、水桩码头上，来人淘米了，乳白的水浆，一漾一漾地，引了许多细鱼细虾来。这当中，虾子游水的模样最逗人。但见那些虾们，张爪、舞须，划动着尾翼，盘水桩而游。偶遇阻拦，尾翼一缩，弓身，蹦得远远的，颇矫健。若是在码头望得不过瘾了，便用淘米箩捕捉上岸，养入小瓷钵之类器皿中，贴近观赏。不过，这样捉上来的，多为白米虾。在小瓷钵之类的器皿中，养不了多久。

年轻时听到过一颇为时髦的提法，现在不再提及多年矣。"消灭三大差别"，其中有一条是要"消灭城乡差别"。这样的口号提出，好像决策者思虑有些不周。此处，我只讲"观虾"。乡里孩子，只能从乡河里捉之，置于小器皿中观之。而城里小朋友，虽不能极方便下河捕获，但总能从菜场上买来虾儿，带回家中，一样观察、把玩。此外，还有一些小朋友，幸运一点的，便能从书本之中，观赏得到齐白石先生的"虾画"。那可真是，画坛一绝也。

虾在白石老人的笔下，张螯舞须，活灵活现，观之，似比实物更多一份生动与情趣。小朋友们得以观之，则多了一个观察自然生物之渠道。往开说一点，白石老人的虾，精神饱满，动感十足，画面无水，但从虾的姿态，便能体会其水意充沛；用笔刚柔相济，用墨有浓有淡，寥寥数笔，须、爪、大螯，以及虾的身体、眼睛，便栩栩如生，跃然纸上。这样一种美学思想的传递，给年幼的孩子的熏陶，是十分重要的。这在乡间，则难矣。

虾子，喜借水草藏身。用"趟网子"在河汊里趟螺螺时，在水草多的地方下网子，便能趟到虾子。虾子上岸离水之后，不住气地蹦。这种虾，多半是草虾，淡黑色的壳子，以脊背处色最深。这种虾，不及白米虾。夏日里，三五成群的细猴子——乡间孩子，少管束，成天野惯了，猴子般顽皮，故有此雅称。拖了大桶，在河汊里摸河蚌，时常能摸到白米虾，挺小巧的个头，浑身透白，与草虾完全两样。这种时候，细猴子们便争着，抢着，掐了虾须子，整个儿塞到嘴里，生吞了这白米虾。有的甚至连虾须都不用掐，让虾子自个儿往嘴里蹦。这些细猴子，记着大人的话呢，多吃几次活虾，长水性，会游水。乡里孩子，学游水的时候，多半吃过这白米虾的。

梁实秋曾著文对虾有过一番详细的描述。他写到："虾，种类繁多。

《尔雅翼》所记:'闽中五色虾,长尺余,具五色。梅虾,梅雨时有之。芦虾,青色,相传芦苇所变。泥虾,稻花变成,多在泥田中。又虾姑,状如蜈蚣,一名管虾。'芦苇稻花会变虾,当然是神话。"

他接着说,"据闻有人吃活虾,不慎,虾一跃而戳到喉咙里,几致丧生。"这在我们那里,肯定会认为是笑谈。我们小时候,几乎所有孩子都生吃过虾,从未有什么意外发生过。梁先生是否耸人听闻呢?这也罢了,梁先生笔锋一转,来了句,"生吃活虾不算稀奇,我还看见过有人生吃活螃蟹呢!"真是可爱之极。

想来,怕是受这种生吃虾的启发,在我们家乡一带,"呛虾子"的吃法颇为流行。家中请客,不一定有炒虾子,不一定有糖醋虾,不一定有炒虾仁,然,少不了呛虾子。呛虾子,对虾的选择颇为讲究:一是须活,最好为无籽虾;二是个头要匀,过大、过小,均不行。将活蹦乱跳的虾子,剪去须爪,洗汰干净,装入器皿,加适量白酒来呛。看好一段时辰,酒渐入虾体内,之后,便可加酱油、生姜、麻油之类配好的佐料,即可食用矣。这倒是下酒的好菜。讲究的人家,在佐料中加些豆腐卤汁,便可做成"卤呛虾子",那味道更是鲜美。吃呛虾子,说到底,吃的就是一个字:活。

前面提及的梁实秋先生在《雅舍谈吃》一书中专门提到了西湖的楼外楼的"炝活虾","在湖中用竹篓养着的,临时取出,欢蹦乱跳,剪去其须吻足尾,放在盘中,用碗盖之。食客微启碗沿,以箸挟取之,在旁边的小碗酱油麻油醋里一蘸,送到嘴边用上下牙齿一咬,像嗑瓜子一般,吮而食之。吃过把虾壳吐出,犹咕咕嚷嚷地在动。有时候嫌其过分活跃,在盘里泼进半杯烧酒,虾乃颓然醉倒。"

从这段细腻的文字中不难看出,梁先生肯定有过这样的实际操作经历,不然不会叙述得如此紧扣要领。不过,这里有一处细节,和我们那里做法不同。西湖楼外楼的佐料是配碟子,让客人蘸着食用,酒是随客人后来添加的。我们那里呛是真呛,所有佐料,包括白酒,都是在客人食用之前,提前倒进装虾的餐具之中,且白酒较其他佐料,须加入更早一些,呛够一定时间,以去除虾腥。所有这些程序,都有一个掌握时间的问题,适时极为重要。时间过短,虾呛得不透,味腥腻;时间过长,虾呛得过了,鲜有活蹦乱跳者也,甚至有的虾肉会变烂,咬在嘴里味儿完全变矣。

呛虾子的吃法颇多技巧。毫无经验的外来客人,初到兴化,席间见此菜,不知如何吃法,将虾子整吞的,有;将虾子嚼得烂碎,再慢慢吐壳子的,也有。其实,吃呛虾,虾子头部全然不去管它,只需双齿抿着虾身子,用劲一挤,用齿尖舔出虾肉,留在嘴里。剩下的,便是一只完整的虾壳,猛一看,似未曾动过一般。一只一只在餐桌上堆放齐整,倒让人体味出一种绅士风范。这一点,梁先生的描述是非常到位的。

吃呛虾子,真可算得上当地人的一绝。

梁先生还如实相告，"炝活虾，我无福享受。"那么，梁先生喜欢吃怎样烹制的虾呢？"我只能吃油爆虾、盐焗虾、白灼虾。"这些都是可以常见的做法，无需多费笔墨。倒是梁先生特别提及的"水晶虾饼"，做法独到，口感特别，摘抄于此，以飨读者诸君。内容如下：

水晶虾饼是北平锡拉胡同玉华台的杰作。和一般的炸虾球不同。一定要用白虾，通常是青虾比白虾味美。但是做水晶虾饼非白虾不可，为的是做出来颜色纯白。七分虾肉要加三分猪板油，放在一起剁碎，不要碎成泥，加上一点点芡粉，葱汁姜汁，捏成圆球，略按成厚厚的小圆饼状，下油锅炸，要用猪油，用温油。炸出来白如凝脂，温如软玉，入口松而脆。蘸椒盐吃。

螃　蟹

螃蟹，形体近乎椭圆，两侧长有八爪二螯，均匀分布；再配上一副颇坚硬的躯壳，活脱脱一介武夫。稍有动静，便高举双螯，张开，摆出一副好斗的架势，八爪迅疾动作，霸道横行。那模样，很是张狂。

早先，兴化农村，螃蟹特多，逮蟹特易。河汊、水渠里，均有螃蟹踪迹。

夏季，乡里孩子在河汊里踩河蚌，碰到水草肥美之处，既能逮到鱼虾，亦能踩到螃蟹。一个猛子扎到河底，一只张牙舞爪的河蟹便拿将上来。水渠淤泥里，时常有蟹藏身，一踩到脚板底下，心里便有数了，用手去取，真是举手之劳。

逮蟹，有这般徒手逮的，也有用"蟹钩子"从蟹洞里钩的。

河堤边，或是渠堤边，常有形状各异的洞穴。内行人一看便知，哪一个是蟹洞，或是鼠洞，或是蛇洞，诸如此类。蟹洞多半在水底下，择好洞口，便可用蟹钩子试探。蟹钩子多用粗铁丝自制而成，造形极简，留个长长的柄，一头做成弯钩，较短。掏蟹时，将弯钩伸入洞内，凭手感而断。若是有明显阻碍，且吱吱作响，便是洞内有蟹。蟹钩点到为止，一般不宜硬钩。洞内的蟹，知道情形不妙，便会惊慌出逃。这时，掏蟹人可在洞口张了双手等蟹上钩。掏蟹人动作要快，手形要好，方可逮到出洞之蟹。否则，蟹或是从你掌心溜走，或是缩进洞内，再想掏出来，颇难。

乡里孩子掏蟹，常被蟹的双螯夹住。蟹离了水，夹得更紧，夹得小孩子杀猪似的乱叫。脑瓜子灵点儿的，便会用嘴咬断蟹螯，方能解危。

蟹爬起来颇快，故装蟹一般不用桶，多用网袋。蟹进得网袋，难爬。更常见的，则是带根麻绳，逮来的蟹，一只一只扣扎起来，一串一串地拎回家中，也有在半途中做成买卖的。

我很小就到村外上学，从家里到学校，要走过几条长长的沟渠。在这样的沟渠上走着，多半是一个人独来独往，了无生趣，无聊得很。但要是盛夏时节，情形就大不一样矣。

除了书包之外，我的手中便会多出一根麻绳，一柄蟹钩子。上学，往学校去时，只要提早些上路，下到漕沟之中，手摸钩掏，一只一只张螯舞爪的螃蟹，便从淤泥中，从洞穴中，捉拿到手，用那麻绳从蟹爪中间处扣扎，一只蟹扎一道扣，以此类推，形成叠罗汉的造型。半程捉它个十来只，没有问题的。下学，返回时，再如法炮制，跨进家门槛时，一串肥蟹便带回来也。

细心的读者，兴许会问，你进课堂听课时，蟹如何搁置呢？这在城里孩子想来，肯定愁煞人啰。其时，我们的办法极简便，一根小钉子，钉在课桌腿内侧，拴了蟹的麻绳，打扣挂上即可。当然，也会有些"嗤嗤嗤"，蟹吐沫的声响，不过还好，不太影响听课的效果。想来，那时候没有现在这么讲究课堂纪律，螃蟹的那点儿声响算不得什么噪音。这里，还要悄悄告诉读者朋友，我们这些鬼精的调皮王，不只是掏蟹这一样，取鱼摸虾采河蚌，哪样不干？当然要把班上的老师们"敲定"。好在，这些蟹虾之类，那时候也不值钱。更何送给自己的老师，有时还会有些意外收获呢。

那时节，一斤蟹，四五毛钱罢了。蟹卖到几十元一斤之后，便成了正规宴席必备主菜。

清煮之后的螃蟹，剥开，剔下蟹黄、蟹肉，与豆腐一起，做成一道"蟹黄豆腐"，趁热品尝，那味道甚是鲜美。较为客气的人家，便有一道清煮螃蟹，备了醋姜碟子，边蘸边吃。

清煮螃蟹，讲究的均上团脐。团脐为母，长脐为公。团脐多蟹黄，只要蟹壳一剥开，便可见满壳蟹黄，很是诱人。

梁实秋在《雅舍谈吃》一书中曾言云："有蟹无酒，那是大杀风景的事。"并以《晋书·毕卓传》"右手持酒杯，左手持蟹螯，拍浮酒船中，便足了一生矣！"用以佐证有"酒"之重要。

梁先生大概代表了多数士人的想法。普通民众品尝螃蟹,有酒可品,无酒亦可品。对于一部分并不嗜酒者,酒倒干扰了自己的味蕾,影响了对蟹肉是否鲜美的判定与体味。至于先生提及"七团八尖"之说,现时的实情多为"九团十尖"。地球变暖,在长三角一带,不等到九十月份,那蟹,连壳都还是软的呢,味道自然就差多了。如此说来,"稻黄蟹肥"亦不能一概而论矣。

倒是梁先生的母亲,有一做法,既有意思,又有道理。将梁实秋他们几个孩子吃完蟹之后的蟹壳用秤称一下,轻的奖励。轻,说明吃得仔细。而真正吃得仔细的话,还可从蟹壳中见到一位僧人。据说,那便是硬插在许仙与白娘子中间的法海,自知罪责难逃,躲到蟹壳里,终生不复出。

稻黄蟹肥,如今是稻黄蟹贵。蟹贵,村民们便想方设法捕蟹。罾扳,簖拦,烟索熏,多管齐下,只为多捕蟹。这些蟹,一贩再贩,之后贩往全国各地,焉能不贵?

不过,在我们孩提时的记忆里,农家煮蟹,时常是用脸盆装的。

田 鸡

田鸡是我们那里人对青蛙的一种俗称。想来是因为田鸡生存在水田里的缘故,乡民们又称其为:"水鸡子"。

这田鸡,满身斑纹,长有四肢,前肢短且小,后肢长且壮,走路一蹦一跳的,蹲在水塘边、秧田里,叫起来"咕咕咕"的,怎么也想不出跟鸡有什么联系,咋沾上了"鸡"字,到真是怪。

我们那里,与田鸡相仿佛的还有两种:赖蛤蟆和旱鸽子。赖蛤蟆学名蟾蜍,俗称也有叫"蛤蟆""赖宝"的,纯粹因外形得名。因为这种水生小动物,和田鸡形体大小差不多,长相也类似,只是背部长满了"赖点子",皮质就没有田鸡那么光滑,故而如此称呼,倒是情理之中。

这旱鸽子,似乎介于田鸡与赖蛤蟆之间,整个体型较田鸡、赖蛤蟆都要小一些,长相更接近田鸡,身上无"赖点子",但皮色不似田鸡那般鲜亮，更接近赖蛤蟆的灰暗色。只是有一点，它既无翅膀，又无鸽子尖尖的喙，怎么和田鸡沾有"鸡"字那样，被叫成了"旱鸽子"，当然也是有点儿奇奇怪怪的。

夏日的夜晚，稻田里，田鸡"咕咕咕""咕咕咕"，叫声此起彼伏，一浪高似一浪，农家小屋淹没在蛙声里。田鸡叫喊时，下巴鼓鼓的，一鼓一缩，挺有节奏。这当中，豪华装备的要数雄性田鸡，它叫喊起来，嘴边多出两个声囊，一收一张，声囊鼓起，似小气球一般，看上去挺有趣。

毛泽东在湘乡东山高等小学堂就读时，曾写的一首七言古体诗《咏蛙》——

独坐池塘如虎踞，
绿荫树下养精神。
春来我不先开口，
哪个虫儿敢作声？

常言说，诗言志。年轻的毛泽东便有不凡气度，一只普通的田鸡，在他的笔下，如此霸气十足，呈王者之姿，确实不同凡响。同样写田鸡，位列于唐宋八大家之首的大文学家韩愈，有一首五言《盆池》，则完全是别有一番情趣。

老翁真个似童儿,

汲水埋盆作小池。

一夜青蛙鸣到晓,

恰如方口钓鱼时。

而对于更年轻的一代,如我女儿他们这一辈,"青蛙王子"的故事,似更有吸引力。由德国格林兄弟收集、整理、加工完成的德国民间故事集《格林童话》,几乎陪伴了她们整个童年。其实,有关青蛙的民间传说,在我国分布亦极为广泛。汉族有"青蛙公主"传说,说青蛙乃龙王之女;彝族的"支格阿龙"神话中也有关于"长腿青蛙"的描述;广西壮族有专门的蚂拐节,这里"蚂拐"便是青蛙。壮族人甚至将青蛙永远地铸在了铜鼓之上。

田鸡堪称捕虫能手,其技甚佳。田鸡捕虫,全凭跳跃的功夫。若是有目标出现,那田鸡两只后腿一蹬便跃出老高,老远,长舌一伸,那秧叶上的害虫,便入得它的口中。

正是这种缘故,种田人对田鸡颇为感激。家中孩子逮了一两只田鸡,拴了线绳,玩耍时便会骂得不得了:"细猴子,田鸡玩不得的,田鸡能吃百虫,护庄稼呢,还不快放了。"小孩子纵然一百个不情愿,也只得解开线绳,望着田鸡跳入水中,无可奈何。

田鸡的种种好处,种田人自然记得,公家也了解得颇清楚。每年都发下话来:"保护青蛙,消灭害虫。"然,收效总不太理想。

夏季一到,蛙鼓阵阵,那稻田间,便有提蛇皮袋的人,打了手电,捉田鸡。或叉戳,或手逮,一夜捉个大半袋子,是少不了的。捉来的田鸡活生生,革了头,剥了皮,去了内脏,用线绳十只一扎,十只一扎,扎好。翌日清晨,拿到街上去卖。

年幼无知,曾干过这捉田鸡的勾当。长大初有常识之后,便弃之不食,几十年过来矣,时至今日,一直如此。实在是看不得那活蹦乱跳的田鸡,被割了头,揪心得很。

卖田鸡这样的买卖,自然不敢进农贸市场,那是要挨罚的。卖田鸡的,精得很,多在小巷间窜溜,适时吆喝几声:"水鸡子·卖呀——"

于是,有居民买上一两扎子,剥进些蒜头子,白烧。汤白。味鲜。尤其是那两条大腿的肉,蒜瓣子似的,据说挺好吃的。这道菜还有了一个诱人的名字,"白灼美人腿",真亏有人想得出。

这些田鸡,既是他人所宰杀,买下吃了,在多数人想来,倒也心安理得。

只是,田鸡的命,不免有些苦了。

第叁辑

旷野的精灵

麻雀 / 咯鹨·鹬·青桩 / 野鸡·野鸭 / 粥饭菜·麦浪头

麻　雀

我们那一带，最易见，最多的鸟雀，便是麻雀。

麻雀竟然就是这种身边小鸟的学名，让我多少还是有点儿意外之喜。故乡人以方言土语行世，与人交往极少官话。平日里，所言物件也好，所称活物也罢，皆以俗言俚语为多。这一回，叫几乎天天在身边绕飞的麻雀，叫的是学名，颇难得。

不过，这小小麻雀，在不同地方竟有那么多不同的称号，又让我有些个感到意外。原以为，我们这儿都叫学名了，大概其他地方，也差不多都这么叫也。不想，非也，非也。这麻雀，除了又叫树麻雀之外，还有一大堆稀奇古怪的名字。带"雀"字的就有：霍雀、瓦雀、琉雀、禾雀、宾雀、家雀、南麻雀；还有你一下子根本弄不清爽的，诸如：只只、嘉宾、照夜、麻谷、老家贼、户巴拉，凡此等等。

这众多名字中，我挑两个点评一番，包你觉着好笑。一为"照夜"，这麻雀，眼睛是日间还行，夜间完全不行，有"斜马眼儿"之说，文后会说及。此处，只略点一下。既然夜间眼睛不行，还叫什么"照夜"呢？二者"嘉宾"，这小小麻雀，本身怎么看，无论形体，还是外貌，以及其行为方式，都算不上大气，也没有当"嘉宾"的资本。不仅如此，中间曾经有一段，确切说是1958年，曾被列为"四害"之一，哪里还有什么嘉宾待遇吵？真的名不符实。

麻雀，小个头，黑眼睑，灰羽毛，相貌平常。未成年时，嘴角呈乳黄色。

乡间清晨，便有麻雀跳跃在枝头，叽叽喳喳，叫个不停。叫声虽不大悦耳，尚属欢快。然，有时亦烦躁。对一些夜归之人，抑或夜间工作之人，麻雀是不管你的，一大清早，就在枝头，抑或屋顶上，叽叽喳喳，叽叽喳喳，似在开会一般，热嘈得不得了。这种群居的小鸟，到哪儿都是一趟一趟的，群体意识强得很。而如若没有防噪音之法，你只好在床上辗转反侧，烦躁不安地等待着麻雀们飞走再行入睡。别无它法。有人会说，不能赶么？

这可不是在谷田之边，赶不走的。只有在谷田之上，用绳索将稻田、麦田之类团团围住，绳间夹以红布条之类，中央扎以稻草人之类，麻雀停落下来啄食谷物之时，田主一拽绳索，红布抖动跳跃，再加之稻草人手中三角小红旗随风飘起，麻雀们一下子搞不情状况，吓得惊慌而飞。

人们这样的招数，也只能偶尔用上一用。次数多了，麻雀们即便不能识破，习惯了也就不起作用也。这种小精灵，见人多了，再也不那么慌张了，有时会靠近你的身边，跳来跳去，寻找它自己食物。你不耐烦时，嘘声驱赶，多半见效甚微，它们会不识趣地盯着你，驱也驱不散。对于麻雀的不识趣，也只好忍着。

麻雀的窝，随气候的不同，而迁徙。夏季，麻雀居高树丛间为多；冬季，则移到农家房檐之下，或是土场草堆之上。因而，乡里孩子逮麻雀，夏夜多用弹弓——铁丝或树枝丫作架，拴上十来根橡皮筋，便成。电筒往树上一照，发现目标，举弓便打。冬夜则用鸟袋——一只小袋子，铁丝做成圆形袋口，绑在一根长竹子的端头，折成弯状。袋内装些稻草。寻着麻雀窝巢，便将袋口对准洞口，往上一顶，窝里麻雀受了惊动，便往外溜，确好落入袋中。这时，拿袋则较关键，需贴近墙壁，慢慢下移，否则雀儿会飞。要是矮的屋檐，则可用人打高肩直捣雀窝。

麻雀是个"斜马眼儿"，白天还可以，天一黑便不辨方向了。逮麻雀，多在夜间进行，就是欺负它夜间眼睛不行，易捉。若是前些天刚下了雪，地上、房上、树上，净是白茫茫的，白得逼人眼，那更是逮麻雀的好时机。

我们那儿，传说每年的年三十，便见不到麻雀了。说，麻雀是灶王爷的一匹马，年三十，灶王爷得上天言好事去，麻雀便是送灶王爷上天去了。到了年三十，平时叽叽喳喳的麻雀一下子无影无踪了，真的不易见到。不过，是否送灶王爷上天言好事去了，那就无从查考也。

看起来，尘世间并不曾因为麻雀送灶王爷上天说过好话，而对它尊敬起来，给予以嘉宾待遇。一度，曾将其定为"四害"中的一害，号召群起而灭之。

乡村，刚落种的秧池边上，时常看到有别了红布条子的绳子（以红色为主，间或也有些其他杂色），或是稻草人，用以对付麻雀。播种时节，用以看护刚落种的秧池之类；收获季节，则保护成熟的稻谷之类。此法前文已述，不再多言。

这麻雀摘帽，除了多亏有人发了善心之外，也还要铭记用于解剖的几只牺牲者。因为有专家从麻雀解剖中发现，麻雀腹中以昆虫为多，仅有少量谷物。当初给麻雀带上"四害"的帽子，真是冤枉煞小小麻雀矣。万幸的是，人们并没有一直这样糊涂下去，而是在此后纠正了以前的错误，最终让麻雀得以摆脱万民齐打的困境。

说起来，麻雀非十全十美，那倒是一定的。

不过，用麻雀做菜，品位则颇高。袁枚《随园食单》中有"煨麻雀"一单，"取麻雀五十只，以清酱、甜酒煨之，熟后去爪脚，单取雀胸、头肉，连汤放盘中，甘鲜异常。"

初见此单，感觉袁才子胃口太大，一开口，"取麻雀五十只"，似乎多了。然细看之后，他"单取雀胸、头肉"，那就没有多少分量矣。

不过，这样的要求，放在现在，恐怕也不易办到。因此，"甘鲜异常"的美味，也就不是那么容易品尝的了。

咯嘏·鹨·青桩

西塞山前白鹭飞,

桃花流水鳜鱼肥。

这一流传颇为广泛的词,出自唐代诗人张志和的《渔歌子》。词中描写的是太湖流域、暮春初夏时节之景物:桃花水涨,白鹭纷飞,鳜鱼肥美。这里的"鳜鱼",便是我们当地人所说的"季花鱼",也有直接写为"桂鱼"的。从词中不难体会,归隐之后的玄真子,此等生活好不惬意哉。

这样的时节,我的故乡,一如其笔下的西塞山:田野之上,一样桃红柳绿;湖荡之中,一样鳜鱼肥美。同时,还有三种野生鸟时常出现:咯嘏、鹨、青桩。容我慢慢向读者诸君介绍一二。

咯嘏,在三种野生鸟中,个头次之。青桩第一,鹨为最小。"咯嘏"

又是这种鸟的叫声。看来，这鸟，似因叫声而得其名的。

咯䴉个头虽不及青桩，但也还算是高大，腿脚特长，脚爪张得很开，身子则簇成一团，有些过。似乎比例失调。当然，在这三种野鸟中，个头最高大者当数青桩。这里的青桩，便是学名叫苍鹭的。我们当地人叫灰鹭。虽然，跟张志和词中描写的白鹭有些差距，其实也就差在羽色上，一白一灰，如此而已。青桩较咯䴉腿更为修长。故乡人说一个人长得过高，会用青桩作比，"看看你哟，长得一双青桩腿！"

我的老家有一处水杉林，面积也有一千五百多亩，林间栖息着数以万千计的苍鹭，一旦飞翔起来，铺天盖地的架势，让人领略"遮天蔽日"之意韵。与白鹭相比，姿态一样悠然、流畅。与空中姿态比起来，它们的叫声，"呱呱呱"的，跟鸬鹚叫得几乎一样，不雅。

鷑，则是这三种野鸟中个头最小者。《尔雅释鸟》郭璞注："鷑大如鸽，似雌雉，脚，无後指，岐尾，为鸟憨急，羣飞，出北方沙漠地。"仅一鸽的个头，较咯䴉、青桩便小了好多。里下河文曲星汪曾祺在他的小说《异秉》里也有描述：卖熏烧的王二，"春天，卖一种叫'鷑'的野味，——这是一种候鸟，长嘴长脚，因为是桃花开时来的，不知哪位文人雅士给它起了一个名称叫'桃花鷑'。"这"桃花鷑"，在我们那里跟"菜花昂"正好相配，均为两道时令美味。"菜花昂"是我另一篇文章的内容，此处暂且不提。

与咯㲯、青桩二者相比，䴗的嘴真不算短，所以汪老说其"长嘴"应没有错。与前二者比腿的话，那就没法比矣。咯㲯、青桩都有一双大长腿，䴗腿虽说也长，也只是较一般的鸟儿长些，但跟它俩比还是矮太多矣。

咯㲯、䴗、青桩，论起步态来，那无疑是咯㲯拔得头筹。但见那咯㲯，头戴一顶小红帽，迈步有板有眼，颇具绅士风范。䴗的小碎步，青桩的高大笨，当然跟咯㲯的优雅迈步不能同日而语也。

初夏的苏北平原上，绿绿的稻田间，万绿丛中，偶露一点红，缓缓移动，不时有叫声传出："（咯）㲯——""（咯）㲯——"，必是咯㲯无疑了。咯㲯叫起来颇特别。"咯""㲯"二字并非平均用力，"咯"，音轻，且短促。"㲯"，音重，且长远。猛一听，似乎这样："㲯——"。然，乡里人大多听得耳熟了，听得颇清爽："（咯）㲯——""（咯）㲯——"。

成片的稻田里，秧行已密，满眼绿色。故乡人插秧苗时，就准备咯㲯的到来。秧田间，三三两两，栽下了整把整把的秧苗，在稀疏的秧行中，老远望去，很是显眼，那便是乡民们为咯㲯栽下的咯㲯窝。多少年了，每年栽秧，乡民们均这般做。怕是习惯罢了。

其实，乡民们用秧棵栽成的咯㲯窝，也不一定只是咯㲯入住。䴗、青桩也有可能落入。大片大片的稻田，秧株上各种昆虫多得很，飞来

101

飞去，正是鸟儿鲜活的食物，这时稻田间，水汪汪的，小鱼小虾及其他浮游生物丰富得很，这就对这些野鸟们产生了巨大吸引力。当然，咯嘣、鹨、青桩更多时候，是自己做窝。不一定都在稻田里，芦荡里、苇丛中，也有其踪迹。到一定时候，它们便会在窝里下蛋，孵化小咯嘣、小鹨、小青桩。

农家妇女下田薅秧草时，时常能从咯嘣窝里抓到一两只小咯嘣之类，碰巧也有时也能拿到咯嘣蛋之类野鸟蛋。鹨和青桩的雏鸟，我见过。没有见过鹨和青桩下的蛋。咯嘣的雏鸟和蛋，我都见过，且吃过咯嘣蛋。

咯嘣蛋满是斑点，蛋体甚小。乡里人很是看重，获得一只，总要煮给自己的宝贝儿子、孙子吃。说是能治百病，消灾避难，灵验得很。想来，乡里孩子，吃过的不在少数，今年没吃上，不等于明年吃不上，果真明年吃不上，那不还有后年么？乡民们有的是耐心，每年一到桃花红菜花黄稻田绿，咯嘣、鹨、青桩便会如期而至，还怕吃不上一只小小的野鸟蛋？

咯嘣蛋之类，不用特地煮，煮饭时，放在烫灌水里带，便能带熟。熟咯嘣蛋，在乡里孩子手里，多半不轻易下肚的，总要在手上盘弄些时辰，或是令小伙伴眼馋，再独自吞下肚去。颇得意。

若是逮到一只小咯嘣之类那比拿到蛋还要兴奋。最是那小咯嘣好玩,长腿,乌嘴,青眼,黑绒毛,浑身黑笃笃的。捧在掌心,软乎乎的,样子很可爱。

小咯瓣,多跟家中小鸡一起喂养,叫起来"叽叽叽"的,与小鸡差不多。小咯瓣想养大极难。尽管设法找小虫子喂它,用不了几日,不是让哪只馋猫捉了去,便是自个儿死去了。野生的,毕竟是野生的,家养自然难矣。

我老家算不得大,乡风倒颇有差异。据说,圩南一带,之于咯瓣,是不逮,不杀的。而西北乡一带,则"张"咯瓣食用。

"张"咯瓣,其法极简便。一根竹扫帚条子,修去枝杈,在其细小的一端拴上根长长的麻线,麻线一头留个活绳扣。在稻田间田埂上,择好一处地方,将竹扫帚条子较粗的一端隐插在稻田里,细小的一端略略插入田埂中,不宜过深,使竹扫帚条子弯曲适宜。将麻线理好,活绳扣放在田埂上,有咯瓣从田埂上走过,一脚踩进活绳扣,再抬腿时,一拽动麻线,活绳扣自然收紧,拴住咯瓣的腿,咯瓣只有待擒了。这说的是"张"咯瓣,其实"张"青桩,也一样。鹨,则是用枪打的多。这些都是很久很久以前的事情,野生鸟类受到保护之后,原先喜欢摸枪的主儿,无用武之地矣。

汪曾祺先生在《故乡的食物》中曾非常留念地写道:"鹨肉极细,非常香,我一辈子没有吃过比鹨更香的野味。"说来惭愧,这鹨我肯定吃过的，但却没能留下像汪老这样留下难以磨灭的印象。倒是那咯䁘烧水咸菜，跟"菜花昂"一样，深深地留在了我的记忆中。咯䁘一样需水烫拔毛，洗净，切块，配好佐料，下锅爆炒，之后再与水咸菜一起红烧。说实在的，一道"咯䁘烧水咸菜"，那味道，奇鲜，醇香，无须多著一字矣。

野 鸡·野 鸭

我的老家兴化，是全国闻名的产粮大县、产棉大县，以及淡水产品生产大县。二十世纪七八十年代，曾多次荣获全国产粮、产棉大县之殊荣，"兴化油菜，全国挂帅"，更是家喻户晓，淡水产品总量连续十六年列江苏第一。但不知什么原因，在家乡主政的领导者一度羞于启齿再介绍这些，而是千方百计，想走工业强市之路。顺带说一句，和全国众多县一样，家乡也于是 1987 年撤县设市。

这几年，情况有所不同，似有明显变化。家乡的主政者打起了"生态牌""旅游牌"。自然生态保护，被提上了重要位置。如若你的脚步踏上兴化这块黑土地，便会发现，这里除了有一望无际、土地肥沃的良田之外，还有纵横交错的河道港汊，以及大片大片的湖荡湿地，是名副其实的鱼米之乡。

曾几何时，每到夏秋之际，家乡的湖荡里，放眼望去，满眼都是碧青的芦苇子，阔阔的苇叶，新抽的芦穗，随风起伏，漾出"沙沙"声响。密密的芦苇间，抑或是水面上，时常有野鸡野鸭出没，双翅一振，"扑棱棱"地飞。湖荡成了它们生息繁衍之所在。

在我的记忆里，野鸡野鸭与家鸡家鸭颇相似，只是野鸡尾部较家鸡为长，冠较红；野鸭块头一般说来，较家鸭则小，羽毛多光泽，雄野鸭的头部有绿亮的毛，两翼有蓝色斑点。野鸡善飞，野鸭既善飞，亦善水。乘船傍湖荡而行，常能看到野鸭，扑棱着双翅，两腿划水而翔，在湖面上留下长长的浪痕，样子挺潇洒。

野鸡野鸭多，打野鸡野鸭的也多。湖荡地带，打野鸡野鸭的常来，不论白天，或是夜晚。先"嗷嗷"地吆喝几声，等野鸡野鸭飞起来时，才放枪。"砰——""砰砰——"枪声响起，便会有野禽遭殃矣。

打野鸡野鸭用的木船，极小，窄长窄长的，却放得了好几管长长的猎枪，载得了打野鸡野鸭的，还有他那条吐着长舌头的猎狗。让人惊叹造船人的精打细算，枪怎么搁，猎狗怎么蹲，枪手怎么坐，都是有所考虑的，一切听从枪手安排。人们往往看到，枪手上了船，手握那两只短小的木桨，划起来，极快，小船似在水上飞。不一会儿，便不见了踪影。

打野鸡野鸭的,有单个划了船去打,也有几个联合行动,拉网似的,围了湖荡打。这多半在晚上。几个打野鸡野鸭的枪手,彼此商议妥当,联手出击。那当然是白天摸准了野鸡野鸭歇脚地——找到了它们的窝。如若是野鸡野鸭成了趟,一杆枪肯定是对付不过来的,容易惊窝。枪手们联手后,四面有枪,野鸡野鸭想逃,则难矣。

打野鸡野鸭的,最精贵、最看重的,不是枪,不是船,不是猎犬,而是媒鸭。

这媒鸭是野生的,特灵。主人放出后,它便满湖荡地飞,寻到鸭群之后,便落下,暗中牵引鸭群向主人火力范围靠,或是"哑哑"叫唤几声,给主人报信。主人枪一响,刚刚飞起的媒鸭,须迅疾掉下,假死。否则,枪弹是不长眼睛的。这便是媒鸭的绝活了。自然,也有打野鸡野鸭的,误击了媒鸭,那就怪可惜啦。将一只羽毛未丰的野鸭,调驯成一只上好的媒鸭,花上三四年工夫,亦不一定满意。

打下的野鸡野鸭,便用羽毛串了鼻孔,拎到集市上卖。所谓物以稀为贵,这野鸡野鸭还真能卖出个好价钱的,比家鸡家鸭贵多矣。

野鸡野鸭皆为人间美味,做成菜品,其"格"远高于家养的鸡鸭。清代袁枚《随园食单》中记有"野鸡五法",野鸭二法。其"野鸡五法"内容如下:

野鸡披胸肉,清酱郁过,以网油包放铁奁上烧之。作方片可,作卷子亦可。此一法也。切片加作料炒,一法也。取胸肉作丁,一法也。当家鸡整煨,一法也。先用油灼,拆丝,加酒、秋油、醋,同芹菜冷拌,一法也。生片其肉,入火锅中,登时便吃,亦一法也。其弊在肉嫩则味不入,味入则肉又老。

从袁才子这段文字中,明显看到了"六法",怎么标题为"五法"呢?奇怪。

其对野鸭制作记有二法。一法为已经失传的"苏州包道台家"的制法:"野鸭切厚片,秋油郁过,用两片雪梨夹住炮炒之。"这里"秋油"实指酱油,"秋油郁过",就是用酱油腌泡一下。"炮炒"与"爆炒"义同。袁才子随后交代说,此法"今失传矣",他建议:"用蒸家鸭法蒸之,亦可。"不妨将其所说"蒸家鸭法"抄录如下:"生肥鸭去骨,内用糯米一酒杯,火腿丁、大头菜丁、香蕈、笋丁、秋油、酒、小磨麻油、葱花,俱灌鸭肚内,外用鸡汤,放盘中,隔水蒸透。此真定魏太守家法也。"

另有"野鸭团"制作法:"细斩野鸭胸前肉,加猪油微纤,调揉成团,入鸡汤滚之。或用本鸭汤,亦佳。太兴孔亲家制之甚精。"

这两则野鸭制作之法,均强调用鸡汤。窃以为,不那么纯粹矣。若能用鸭汤,为何不用呢?连袁才子在后一制法中,自己都说了,"或用本鸭汤,亦佳。"可见,鸭汤可用,且效果很好。否则,鸭肉滚在鸡汤里，虽无大碍，终究口感上会发生变化。还是用"本鸭汤"为佳。

民间烧这样的禽类野味，几乎都是配咸菜红烧。当然，咸菜最好选雪里蕻。这野鸡或野鸭烧雪里蕻，由于雪里蕻的加盟，烧出的野鸡，或是野鸭，不仅肉香，且味鲜。那雪里蕻虽为配料，更占全了香、鲜、脆、嫩四字，多为人们青睐，均愿意多挟上几筷子。自然，野鸭与野鸡比，做出的菜，肉更精，味更香，品更高。集市上，野鸭价贵，难怪。

现时，再难有野鸡或野鸭烧雪里蕻端上餐桌矣。倒不完全是汪曾祺先生所言，"现在我们那里的野鸭子很少了。前几年我回乡一次，偶有，卖得很贵。原因据说是因为县里对各乡水利作了全面综合治理，过去的水荡子、荒滩少了，野鸭子无处栖息。而且，野鸭子过去是吃收割后遗撒在田里的谷粒的，现在收割得很干净，颗粒归仓，野鸭子没有什么可吃的，不来了。"

我所了解到的，较汪老讲的二十世纪八十年代的情况，又有些变化。现在家乡那一带，只要是湿地保护好的地方，野鸡野鸭均日见增加，且有蓬勃发展之势，只是从湿地保护，到野生动、植物保护，再美的野味，也不能享用矣。

当然，凡事不能一概而论。地方上总是会有一些人，喜欢铤而走险，暗地里捕获，暗地里交易，暗地里烹制，最后暗地里品尝。想来，这一路"暗"下来，能品尝出个好味道来吗？这样的情境下，享用再美的野味，恐怕也只能让自己的内心变得阴暗起来。

粥饭菜·麦浪头

粥饭菜和麦浪头均是野生菜，株体小，且矮。我们里下河一带乡间颇常见。

粥饭菜单株较麦浪头更小，双叶长且圆滑，无棱角，茎部稍短，呈红色。远远望去，红茎绿叶颇好看。在我的记忆里，没有比粥饭菜更小的野菜矣。

麦浪头正正规规应该叫"马兰头"。然，家乡一带都叫麦浪头。在我的感觉中，马兰头虽为正宗叫法，但终不及麦浪头赋有诗意。这两种小野菜，自然也是伴随春天的脚步而来，此时，家乡多麦田，青青麦田间的田埂上，总能见到粥饭菜、麦浪头的影子。前几年，有个叫李健的唱作人，写过一首《风吹麦浪》，一听他唱这首歌，便无端地想起老家麦田间的麦浪头来。这麦浪头较之粥饭菜，则叶多棵壮，至根部方露淡红色，看上去比粥饭菜更泼皮。此二物，田埂、圩堤上，极易寻见。

　　小的时候，到田野拾猪草，望到粥饭菜、麦浪头，便喜欢得不得了，蹲下身去，用小铲锹挑将起来，极细心。不要误会，这可不是给猪吃的。当然，猪完全可以吃。我们这一拨生长于乡间的孩子，谁没有拾猪草的记忆呢？那时节，家里劳动力多的还好，在生产队干活，一年下来，年终分红时，多多少少总能从生产队会计手上，拿些钱回家，置办年货和一家老小的新衣服。当然，这分红所得，不可以全部花光的，尽管花光这点钱，太容易了。家里平时用钱的地方多着呢，哪能只顾着过年，就不过日子？往后的日子总是要过的，日常油盐酱醋之类、针头线老之类，都得花钱。

　　像我家兄妹四个，只有母亲一人平时在生产队劳作，父亲很多时候在外面工作队上，如此一来，到年底，我家便成了生产上的"超支户"，不仅分不到红，还要反过来给生产上缴纳欠款。这样的情况下，日子怎么过？多亏母亲勤劳，既养猪，又养鸡养鸭，每年从这副业上，能收入不少，不仅缴纳了生产队上的费用，所谓"上缴"是也，而且每年都能给我们兄妹添置新的衣裳。我清楚地记得，父母亲是不可能每年都做新衣的，毕竟家里日常开销也出在这副业上，其时，家中，我和大妹妹已经上学读书，也需要花钱。那时是没有"义务教育"之说的。因此上，我这样的孩子，放了学之后，抑或不上学的时候，总是要给家里猪圈里的猪拾猪草的。有了猪草，猪既能长大，又能少吃点家里的饲料，节省开销。

然，碰到粥饭菜、麦浪头这样的野菜，还是舍不得给猪吃的。

那大河两岸的圩堤上，抑或是麦田间的田埂上，朝阳的所在，粥饭菜、麦浪头往往成了片。碰到一处，便是绿绿的一大簇，一大片。粥饭菜成了片，一般高矮，看上去很平整，似平铺在地面之上。而麦浪头，则簇成团，一簇簇，一团团，蓬蓬勃勃，样子很是繁茂。这刻儿，甩开膀子，尽管挑。挑得心里喜滋滋的，忘了尚需拾猪草的正事，也是常有的。回家，只有乖乖地等家里大人撕耳朵、凿刮子，没得嘴瓢。说来，我的童年是极幸运的，母亲从未因为这种事打过我。而我上学读书，有相当一部分时间，是和婆奶奶在一起生活，她老人家，对她的宝贝外孙，疼爱得不得了，我做错了事，她都难得有个高声，哪里肯动手吵！

洗汰干净的粥饭菜、麦浪头，切碎，煮了野菜粥，香喷喷、鲜滋滋，一口气喝上几碗，美得没法说。闹粮荒的年代，粥饭菜、麦浪头救过不少人的命。

有过一阵子，人们似乎不记得它们了。等到粥饭菜、麦浪头重新被人提起，那是因为这原本野生的物种，进了塑料大棚，进行人工种植矣。

这粥饭菜、麦浪头来源多起来，想着用它们的人也就多起来。每日做早点的包子铺、小吃店，开始以此为原料做点心，包水饺、馄饨，还真是上好的原料呢。

眼下，我们那里各家风味小吃店，包水饺，包馄饨，甚至居民家中包春卷，所用的馅子，不止只有大蒜、药芹之类，用荠菜、粥饭菜、麦浪头的也逐渐多起来。看起来，这粥饭菜、麦浪头切碎，与猪肉混制成馅儿，无论是包饺子，还是包馄饨，煮熟品尝，其口味远超出那大蒜或药芹做成的馅子，亦不比荠菜馅子差。那味道，清香，奇鲜。

这粥饭菜、麦浪头，可以做菜的地方多矣。其中，清炒或凉拌，皆能得其真味，且为时令小菜，已经进得我们这样的寻常百姓之餐桌。其实，这种做法，早已有之。袁枚那部著名的《食单》中，就曾收录麦浪头凉拌的作法："马兰头菜，摘取嫩者，醋合笋拌食之，可以醒脾。"

第肆辑

农家的菜地

架豇·丝瓜·扁豆 / 茄瓜·茄子 / 红豆·绿豆·黄豆
蚕豆·豌豆 / 红萝卜·胡萝卜·连根菜 / 山芋·芋头

架 豇·丝 瓜·扁 豆

架（当地方言音 ga，取去声）豇、丝瓜和扁豆，三者都依附着其它植物生长。

这三种作物，严格说来，应属家庭作物。在我们那一带，大集体时代，集体是不长这三种作物的。集体不长，乡民几乎家家户户都长，无一例外。说得过一点，哪怕是一人独居的单身汉，也会有自己的几棵茄子，几塘扁豆，几架架豇，几树丝瓜。

那时候，只要在季节上，架豇、丝瓜和扁豆，几乎每天都会和我们这些农家孩子见面。乡民们种植这三种作物，多半是不会拿出正正规规的农田的。通常有两种情况，一种乡民自家的自留地或责任田头，有圩堤、田埂之处，总会生长几棵楝树、壳树、榆树、杨柳之类，此时，只需在这些树根下打塘子，用铁锹挖出脸盆大小的洼塘，破碎塘中土坷垃，之后，便可在此落种，抑或栽苗。乡民们农活忙得很，这类土

生土长的作物，育苗的少，多半直接下种，适时浇浇水即可。

第二种情况，其操作程序与前一种完全一样，只是打塘子的地方变了，正所谓家前屋后是也。那个时候的农家，宅基地没有如今这么紧张，用地也不如现在规范。一个农户，至少也要有前院后作，两块闲地。这前院，自然是正屋前面正正规规的院子；后作，是屋后面的作场，多为鸡窝、猪圈、茅坑、草堆之类。虽说地不算太大，但是这一前一后，前院内定会长上几棵村树，品种和自家圩堤上的差不多。只是在家前屋后长，树要干净，不能惹虫子，尤其是有一种叫"洋辣子"的坏虫子。

这"洋辣子",浑身碧绿的,颜色倒是不难看,但它身上的毛,可就厉害了,碰不得的。若是不留神,只要稍稍一碰,坏了,洋辣子毛刺进你皮肤里去了,立马给你颜色,肿胀成一块一块的硬肿块,又疼又痒,直往肉里钻。这种生"洋辣子"的树,院前当然不能长。如此,多植楝树。这楝树,又叫苦楝树,整个树的干、枝、叶,都带一种苦涩的味道,相对生虫子要少些。为什么说相对呢,因为这虫子流动性大,本身树上不产,也可能从外树而来。在我的印象里,就是苦楝树,后来也有了一种小洋辣子。但总是比杨树、榆树害虫要少些。这个前提定下来之后,才可以在树下种植架豇、丝瓜和扁豆的种子或幼苗。一般围绕树四周打塘子,一棵树下打上两三塘,一塘内种上十来株苗儿。平常农家,一个前院有四五棵树,后面猪圈、鸡窝旁,屋后茅坑旁,又有四五棵树,都能打上塘子,那架豇、丝瓜和扁豆结起来,就"海"了(当地方言,非常多的意思)。一家五六口,怎么吃都吃不完的。

种植架豇、丝瓜和扁豆,多选择初夏时节。这架豇、丝瓜和扁豆,都是藤本植物,有了树的依附,藤儿怎样爬,都没问题,不用发愁。当然,就架豇而言,有时也会专门为其搭架子。那多半是在自家的拾边隙地,不利用也怪可惜的,那就种架豇吧!相比较而言,架豇的藤蔓爬得没有丝瓜、扁豆高,搭架尚可应对。这中间藤蔓爬得最高的是丝瓜。有时,丝瓜结在树枝顶上,用长竿子绑上镰刀,也割不到。这时候,家中有上学的细猴子,那就简单了。细猴子再高的树一窜,就爬到枝杈上去了。

此时，有大人在树下递上镰刀，想取下哪条丝瓜，便取哪条。

　　自搭架子的架豇，落种时就得考虑好架子怎么搭，不能像点黄豆、点豌豆那样，散点。架豇虽说也是"点"，得上些规矩。有行有距，好搭架子。

　　给架豇搭架子，要等所种架豇种子出苗，长茎蔓，且茎蔓渐长，这时方可依其根部，插下小树棍子或是芦柴棒子。每株架豇根部都要插到，再用草绳之类，一棵一棵拴连起来，在架子上端连成一线，架子便固定成型矣。这架豇架子，多为两行架豇，同用一个架子。架子上端两两相对相交，成稳定三角形。这种架子，经得住风刮，吃得住藤爬。有了架子，架豇的茎蔓自会盘着架子长，一圈一圈，盘得才好呢。

　　如前面所述，丝瓜藤蔓爬得最高，搭架子不能真正满足其攀爬的欲望。因而，乡民们便让其借树生长。长长的藤儿，攀树而上。树有多高，丝瓜藤便攀多高。丝瓜从藤上倒垂下来，丁丁挂挂的，错落有致。我们那里的丝瓜算不得长，以尺把长为常见。有一年，我到中国作协北戴河写作中心度假，在北戴河集发农业生态园，见过一种细细的、长长的丝瓜，那真够长的，几乎从棚顶垂到地面，有四米多长呢！

　　近得丝瓜，便有清香飘出。这清香，架豇、扁豆也有，只是以丝瓜为最。

　　扁豆爬藤的本领也不在架豇、丝瓜之下，完全可以和丝瓜PK。家前屋后的树杈间，有丁丁挂挂丝瓜结出之时，亦有嫩扁豆、嫩架豇结出。这三种家庭作物，丝瓜开黄花，以单株花为常见。架豇花与扁豆花相仿佛，有白色，有红色，有紫色，形状有点儿像小蝴蝶，皆成串。远远望去，绿叶丛中，一串串，似群蝶翩跹其间。架豇、扁豆的花形相差无几，结出的果实，却大相径庭。扁豆，顾名思义，因其果实扁而得名。架豇，较丝瓜更为细长，似乎过于苗条了一些，给人一副弱不禁风的样子，惹人爱怜。

因为架豇有专门的架子，所以从架子上摘架豇，较从树上摘丝瓜、扁豆，要更为容易一些。也有扁豆、丝瓜借家中院墙生长的，也比从树上摘取容易。

从树上摘架豇、丝瓜、扁豆，办法虽然多，但终不及一法简便，且收效快。那就是遣家中小孩子直接爬树摘取。家中的细猴子，平时爬树是要受到批评的，造成不良后果，那是要重重责罚。现在准许爬树，去摘丝瓜之类，美差一桩，自然乐滋滋的。"噌、噌、噌"，眨眼工夫，上了树顶。大人在下面喊，"摘这个""摘那个"。

处理新摘下的架豇、丝瓜、扁豆，并没有多少复杂工序。架豇、扁豆处理起来方法一样，撕筋，掐断。掐断架豇要比扁豆容易一些，徒手即可。掐扁豆则不那么方便，虽要有工具辅助。丝瓜去皮的办法颇为特别。先将丝瓜切成一段一段的，再用筷子戳进去，贴着皮划一圈，肉便出来了，圆圈似的瓜皮，留在了手中。

掐断，撕筋，之后的架豇、扁豆，可以一起烧菜，亦可和茄子之类配烧。这里需要说明一点，架豇、扁豆这样的蔬菜，味淡得很，最好荤烧。常见的，和猪肉块子红烧。到最后，架豇、扁豆与猪肉，可谓是各得其所。上得餐桌，情况大变。原本味淡的架豇、扁豆，大受欢迎，比那油滋滋的红烧肉还要引人食欲。

原来，这架豇、扁豆在烧煮过程中，吸收了大量猪肉中的油脂，食用之时，味香而厚，寡淡二字早无了踪影。就连那红烧肉，因油脂大量被架豇、扁豆所吸收，此时也变得香嫩而不肥腻。这道菜，虽然家常，细心者仍能品味出乡土菜品之妙。

在我的记忆里，架豇、扁豆也不仅仅是以味淡留于脑海。那时候，只要家里烧架豇扁豆，一碗盛上桌吃到后头，便眼巴巴地盯着，但等那碗中只剩下汤了，便马上抢过来，小心地倒了汤。这时，总能从碗中得到几勺子架豇米子、扁豆米子呢。架豇米子似微型腰子形状，扁豆米子，则形似心脏，模样都挺讨喜的。这两种豆米子吃在嘴里，粉粉的，口感很好。丝瓜米子多半躲藏瓜瓤里，是吃不出粉粉的感觉来的。

我们那里乡间，丝瓜多半是烧汤。打上几只鸡蛋，或放上馓子、油条，烧成馓子丝瓜汤，抑或油条丝瓜汤。丝瓜与鸡蛋爆炒亦很好。

小时候总弄不清，这丝瓜，究竟"丝"在何处。老了，有丝瓜瓢子了，丝瓜之"丝"尽现，至此才算得上名副其实。

一庭春雨瓢儿菜；

　　满架秋风扁豆花。

　　转眼一个季节过去，飒飒秋风吹起，原本生机盎然的架豇藤、丝瓜藤、扁豆藤，皆渐枯渐萎，留在树杈上的架豇、丝瓜、扁豆，早干枯了。有少量的可留作下一年的种子，但多数没有太大用处的。倒是老丝瓜，从树上摘下，剔除去干脆的外皮，丝瓜瓢子便完整现身了。这丝瓜瓢子用来洗涤餐具、擦背，均不错。丝瓜瓢子，直至今日，仍在我父母亲手里用着呢。

　　丝瓜，不如另一些瓜儿，愈老愈甜，愈老愈香。老了，便空了，空成一段瓢子了，仍旧不废。有点儿意思。

茄 瓜·茄 子

将茄瓜与茄子放在一起叙述，多少有点儿文人心理。这一种似乎孤单，两样放在一起，且名字中都带个"茄"字，感觉上蛮不错的。但我要事先声明，这两个"茄"字，仅仅字同，彼此之间没有什么必然联系。茄瓜，正正规规应称南瓜，属葫芦科。而茄子，属茄科。

我们那里，乡民们从不见有称南瓜的。抑或有在外地读过几年书，回得家中，见茄瓜，呼之南瓜，便会遭家人嘲笑："茄瓜就茄瓜，什么南瓜北瓜的。真是。"这样的称呼纠缠，在茄子身上似乎不存在。正规叫法、民间叫法一致，都叫茄子。这样好，省去许多言语上不必要的麻烦。

我们那里人长茄瓜，多用圩堤、岸埂，或是自家拾边隙地，也有用自留地的。栽上几塘，够一家老小吃的，便行。茄子更是如此。乡民们，多以种田为业。笃实、勤快者，居多。自家的划分到自家名下的拾边隙地，圩堤、岸埂，还有那分把自留地，总是侍弄得条条实实，品种花样齐全，够了一家人平日里的"老小咸"。我在本小辑中所写的这些家庭作物，差不多都是"老小咸"的范畴。

长茄瓜和茄子，均得先下种，育秧子。上一年留好的茄瓜种籽和茄子种籽，适时在预先翻晒好的苗床上落种，每天浇适量的水，促其破土发芽。这里，茄瓜落种与茄子落种完全不一样。茄瓜落种，有一个专有名词："并"。这"并"字，有并排之意。茄瓜种籽需一粒一粒并排着，整整齐齐地直立着插入苗床的碎土之中。也有"并"在自家院里，抑或破脸盆之类器具里。茄子落种则不必如此麻烦，将茄子种籽直接播撒进苗床的碎土，不使种籽外露即可。等到苗床上，所落种籽发芽破土，有嫩绿的茄瓜秧子、茄子秧子，周周正正地生长出来，这茄瓜秧子、茄子秧子，便可移栽矣。

栽茄瓜，论塘，不论棵。茄瓜秧子不散栽，得事先在选定的圩堤、自留地上，打好塘子。塘子里下足基肥，之后，再移秧子。一塘，栽三四棵秧子。茄瓜迁藤，开花，打蕾，相间没多少时日。栽茄子，论棵，不论塘。一般人口少的，如前文所言单身汉之类，栽个四五棵，长成，便赶得上吃了。人多的，多栽些，头二十棵亦够矣。茄子前翻后起的，结起来，颇快。

茄瓜长到一定时候，再下地看时，便发现藤蔓上生出不少小茄瓜花朵儿了。乡民们晓得，这是茄瓜，打蕾了。打蕾，在茄瓜生长过程中，属于关键环节，它决定着茄瓜收成的好坏。这蕾，娇嫩得很，碰不得，碰了会夭折的。蕾一夭折，哪里还有什么瓜结哟？

这当儿，有件活儿，颇有趣的——套蕾。掐下茄瓜藤上的独亭子花，撕了喇叭形的黄边子，花中长长的，满是花粉的亭子便露了出来。将其套在蕾子上，便叫套蕾。上规矩的说法，跟人工授花粉差不多。

套了蕾，茄瓜朵子渐渐大起来，花枯萎而落，便有大茄瓜了。有长的，有扁圆的，有歪把子的，形态各异。从几斤一只到十几斤一只，一个个胖娃娃似的，藏在宽大的叶丛之中。我在写丝瓜时提到，在北戴河集发农业生态园看到四米多的长丝瓜，当然惊讶。那一次，还看到了三百多斤的巨型南瓜，真是大千世界无奇不有。一只原本极寻常的南瓜，竟长出如此巨人来，真的神奇。不过，网上有消息称，几年前瑞士一位名叫贝尼·迈耶的男子，培育出了重达两千零九十六磅的南瓜，约九百五十一公斤，看着网上那跟小汽车一般大小的南瓜照片，我无话可说。

我想，有一点是可以断定的，如此超级巨无霸，肯定不能入口。还是让我回到自家的茄瓜地和长茄子、黄瓜、辣椒、韭菜等众多"老小咸"成员的农家菜地吧，望着瓜地里随处可见的茄瓜，望着浑身紫紫的茄子，心里头当然有收获的喜悦。

单纯从观感来说，这茄子未摘时，挂在秸杆上，叶儿紫紫的，杆儿、茎儿紫紫的，看上去挺顺眼。

什么时候想到要吃茄瓜、茄子，去摘便是。要炒茄瓜丝子，便摘个嫩些的。要纯煮茄瓜，便摘个老些的。嫩茄瓜切成丝子炒起来，嫩、鲜、甜。老茄瓜，切成四方块，单煮，瓜粉，汤甜。考究的人家，将茄瓜内瓤刮下，和上面粉之类，可做成香甜松软的茄瓜饼子。我们那时候，乡里孩子夏天傍晚的晚茶，通常是少不了茄瓜这一主角的。喝着甜津津的茄瓜汤，咬几口香软的茄瓜饼子，好不开心。心底觉得，这日子还是有盼头的。

说实在的，我们生活的时代，苦虽说苦点儿，但毕竟不是唱《南瓜谣》的年代了。像我们这样年岁的，都记得大型音乐史诗《东方红》

里有一首唱"毛委员"的歌，歌词中有这样的词句：

> 红米饭那个南瓜汤哟，咳啰咳，
> 挖野菜那个也当粮啰，咳啰咳，
> 毛委员和我们在一起啰，咳啰咳，
> 餐餐味道香味道香啰，咳啰咳……

这首从当地《井冈歌谣》演变过来的红歌，还是传递出了一种革命英雄主义和革命浪漫主义的情怀。这样比起来，我们似乎要为感叹那年月物质生活之匮乏而羞愧。我们的生活里，不仅有南瓜汤，还有紫茄子呢！

乡民们摘茄子，多半是大早出门，去给自家小菜地浇水时，顺便从自留地上摘上几个茄子之类，带回家来，丢给孩子煮饭时，蒸上。洗削茄子，一般小孩都会做。茄子滑溜溜的，好洗，不费神。去了小梗子之后，劈成十字形，一分为二，便可放在饭锅里蒸。

蒸，是在饭干汤之后，不是与水、米一起下锅。蒸时，劈成两半的茄子，得让切开的一面贴饭而蒸。用不了几把稻草，饭好了，茄子也蒸好了。开饭时，先用筷子，将茄子挟起，置大碗，或小瓷盆子里，配上油、盐、味精，再将茄子捣烂。上餐桌前，扑上几瓣蒜头子，一道菜便成了。其味鲜，口感爽，亦挺下饭。这种吃法，自然天成，不事雕琢，纯粹乡间风味，到也自有一种妙处的。

乡间的吃法，进不得城的。城里人吃茄子讲究多了。较常见的，便是茄子嵌肉。洗削好的茄子，劈成五六开。劈时得注意，不要完完全全劈开。用刀，不要一刀劈到头。一端，得让它连着。这样，一只茄子，虽开成五六瓣，捏住梗端，尚是整的。

肉，则要切碎，剁成肉泥，再配从葱花、姜末之类佐料。之后，拌好嵌入茄子。用细线，将嵌好的茄子，稍稍扎一扎。再加工。或红烧，或清蒸，皆可。

上桌前去了细线，看到的是一只只完整的茄子。动了筷子，才晓得，内边有名堂的。

这种吃法，费点事，但味道颇好。肉中油份被茄子吸收，肉虽肥，则肥而不腻；茄子吸进肉油，虽清，清而不寡。

要说城里、乡下，哪种吃法更好，难说。吃仅是"吃"吗？

虽在乡里生活了二十多年，家乡人称茄子多冠以"寡妇茄儿"之称呼，何故？

弄不清爽。

红豆·绿豆·黄豆

红、绿、黄三豆,皆以颜色命名,且同属一科:豆科。放在一起为文,不仅色彩丰富,而且也能发现三者之间细微之差异。当然,我也有点小私心,这样的题目,看起来蛮舒服的。不知读者诸君以为然否?闲言少叙,言归正传。

红豆、绿豆与黄豆相比,颗粒较小,绿豆尤甚。一提及红豆,多数人的脑子里便会涌出唐代诗人王维的那首《相思》——

> 红豆生南国,
> 春来发几枝,
> 愿君多采撷,
> 此物最相思。

王维的这四句,实在太有名了。时至今时,仍然被不断引用,作为情侣之间传递绵绵情思的纽带。不过,以红豆寄托相思之意,并不始于王维。更早的出处在晋代干宝的《搜神记》,文字不长,现录于此,战国宋国韩凭夫妻殉情而死,两冢相望——

宿昔之间,便有大梓木生于二冢之端,旬日而大盈抱,屈体相就,根交于下,枝错于上。又有鸳鸯雌雄各一,恒栖树上,晨夕不去,交颈悲鸣,音声感人。宋人哀之,遂号其木曰"相思树"。

相思之名,起于此也。说了这么多,我现在不得不略带遗憾地向读者诸君坦白,上述所引"相思"之红豆,并非本文所言之红豆。本文所言之红豆,乃"赤豆"是也。无论是色泽,还是颗粒大小及形状,老实说,赤豆,皆不及那"相思豆"。

在我老家,红豆、绿豆多借闲散隙地落种,以田埂、圩堤最为常见。这,似与黄豆不太同。种黄豆,虽然也有种在田埂、圩堤上的,但亦有成片成片的,长在集体大田里的。

田埂、圩堤之上,红豆、绿豆枝叶甚茂,间有豆荚斜挂。其状,不像黄豆荚短而扁,看上去,细且长。待豆荚渐渐转黄,便是收获红豆、绿豆的时节了。连秸拔起,捆好。之后,挑至土场上或是庭院里去晒。旺旺的几个太阳晒过之后,便可用短木棒、木榔头之类去捶,豆荚便会开裂,有豆粒儿滚出来。红豆子朱红,绿豆子翠绿,很是悦目。

比较起来,黄豆实用性要强于红豆、绿豆。有一点需要交代一下,这黄豆,在我们那里城里和乡下,叫法各不相同。不像红豆、绿豆那样,城里乡间称谓统一明了。黄豆,结青豆荚时,城里人叫"毛豆",乡里人则喊着"王豆"。老家的乡民,在自家田埂、隙地拔了黄豆,从桔杆上将青豆荚子摘下,装进箸子里,上街卖黄豆荚子。沿街叫起卖来:"王豆荚子卖啦……"想买上几斤的街上人,开了门,伸出头,扭着脖子问道:"毛豆几毛钱一斤?"

卖主自然会给个价,买主必定想压压价,双方讨价还价一阵之后,称去几斤的,有。一斤不称的,也有。

这"毛豆"之称,倒好解释。黄豆未剥壳之前,满壳尽是细细的毛,挺厚。至于"王豆"一说,则不大好说矣。左思右想,觉得这"王"怕是"黄"读走了音所至。我们那里的乡民,接受正规教育者少,讲官话时,"王""黄"不分,大有人在。如此,天长日久,习惯成自然。尽管人们都已晓得,平日里挂在嘴边上的"王豆",不念"王豆",应该读作"黄豆"的。然,仍无人纠正。说出嘴,依旧是"王豆"怎么样,"王豆"怎么样,而不叫"黄豆",倒也怪呢。

青黄豆荚子刚上市,街上人颇喜欢。剥个碗把黄豆米子,或纯烧,或烧豆腐,均是时鲜小菜,颇下饭。那黄豆荚子,剥出豆米子,以带了豆衣胞的,为最佳。煮起来,鲜嫩无比。一老,便没得鲜味。

不过，这黄豆荚子，还数乡里人有种吃法，很是诱人。要吃黄豆荚子了，随时到田头，拔了，摘下豆荚子，稍是修剪，不必剥成豆米子，连着壳子用清水洗汰干净，之后，倒入锅中，加适量食盐，清煮。再也不必添加其它佐料，煮熟即可享用。软软的黄豆荚，嘴唇一抿，豆米粒儿便从壳中挤出，细细咀嚼，颇嫩，颇鲜。这种吃法，纯粹天然，察其豆甚碧，观其汤甚清，品其味甚是鲜美。

等到城里人把黄豆叫着"黄豆"时，黄豆便老矣。

黄豆枯老之后，去壳，便见其圆溜溜、黄灿灿的模样，与"黄"、与"豆"均相宜。老黄豆，多为豆腐、百页之原料。要做豆腐、百页时，先在前一天晚上浸好黄豆，翌日大早起来给黄豆去壳，之后，上石磨子磨，磨成生豆浆之后，上浆锅烧，这当中颇难的一着是点卤。点了卤之后，便可上器具，做豆腐，或是百页了。

若是在浆锅点卤前，从浆面上挑起一块膜儿，那便是豆制品中的上品了。那膜儿纯是豆油悬浮在浆面上。一锅浆只能挑个张把两张，故而精贵得很。店里卖时，是按张数卖的。用膜儿烧白水鸡，烧精肉，均是可口佳肴。

在乡间，豆腐店较普遍，说是豆腐店，实际豆腐、百页均做。平日里，来人到客，都会到村上豆腐店拾上十来帮豆腐，称上头二斤百页，再打斤把猪肉，招待人就蛮不错了。

每年一进腊月，豆腐店便忙乎起来。乡民们多半背了自家地里收的黄豆，让店主家代加工"作"把豆腐、百页。

这"作"字，似与作坊有关。豆腐店在乡间亦是作坊，以"作"字为计量单位，由来已久。一作，做三五十斤豆子，能吃上一个正月的，给些加工费，颇合算的。我在长篇小说《香河三部曲》的第一部《香河》里，对柳安然家的豆腐店，对豆腐、百页如何制作，对柳春雨和琴丫头这对恋人如何在香河上卖豆腐百页的，均有详细的描写。读者诸君，不妨参阅。

与黄豆形成的主打地位稍有不同的是，红豆、绿豆在我们那里人们生活中，扮演的是非主打角色，以红豆、绿豆为主要原料制作而成的食品，也多为消闲之物。如若有时间有机会到我的老家的县城逛一逛，你会发现：兴化街上副食商店卖的糯米年糕，二角钱一块，用小塑料袋装好了卖，常见的就是赤豆糕与绿豆糕两种。点心店卖包子，有肉的，也有豆沙的。把红豆子煮熟，再捣成豆泥，便可做成豆沙包子。寻常百姓家中，也有用豆沙包糖团的习惯。尤其是要过年了，家家蒸团、做糕，总要蒸上几笼赤豆团，用的便是豆沙馅。红豆、绿豆制成食品，松软香甜，家乡人颇喜爱。

红豆、绿豆还是消夏之佳品。夏日炎炎，知了在枝头一个劲儿叫，"热啊……""热啊……"真的有如台湾校园歌曲里唱的那般，"知了在声声叫着夏天"。听凭你棒冰、冰砖地不住嘴，总难解浑身燥热。这种时节，我们那里的乡民，多半在上工前，煮好一大锅红豆粥，或绿豆粥，中午回来先喝上两碗，那香中带甜的滋味，暂且不说，单说那冰凉冰凉的口感，喝上几口，一直凉到心底，好不惬意。

在城里工作的人，则多用红豆、绿豆做成赤豆汤或是绿豆汤。下了班回家，能喝上一碗赤豆汤或是绿豆汤，则甚妙。那赤豆汤、绿豆汤，一样凉冰冰甜丝丝，很是解渴。考究的人家，则做成赤豆元宵汤之类，这可是夏夜纳凉时的上好宵夜食品。这当中，元宵的制作有巧可取：无需一只一只用手做，圆子粉调和之后，便可动刀来切，先成条状，再拦腰断成粒状，放置筛中，筛几筛，便成圆圆的元宵了，颇省时省事。煮好的赤豆元宵汤停过些时辰，纳凉时吃上一碗，凉爽宜人，既败火，又充饥，定心稳神，去暑解乏，妙不可言。这些，都是早先人们家里没有冰箱，抑或冰箱尚未普及时的作法。等到无论城里，还是乡下，家家户户日常生活中都用上了冰箱这样的电器，要制作一款冷饮，或凉食，容易多了。然，在我看来，由冰箱制作出来的凉食，总觉得不是原先那种味道，似乎少了些什么。究竟少了些什么呢？我也说不上来。

黄豆，进得城里人的早餐桌，那是将黄豆进行转化之后。前几年，中央电视台有一档很火的节目《舌尖上的中国》，其中有一集专门讲了食物之转化。这黄豆成为豆腐、百页，也是一种转化。由物到食的转化。在我们那里的县城，城里人将这种转化放在了自家的早餐桌上：自制豆浆。前一天晚上，将需要上磨子的黄豆在小盆里浸泡好，翌日清晨起来，先给黄豆去壳，之后再汰洗干净，一小把一小把地把浸泡到位的黄豆，往小石磨的磨眼里装，边装黄豆，边转动小石磨上面磨盘把手，一圈，一圈，再来一圈，有乳白而粘稠的汁液从磨盘间流出，那便是新鲜的豆浆也。刹时，一股豆香便在房屋内弥漫开来。有刚起床的孩子，嗅到这香味，便欢呼雀跃起来："爸爸磨豆浆啰！"自己动手磨豆浆，多是男人所为。如此得来的豆浆，与摊儿上卖的比起来，味纯，新鲜，实惠。当然不会像摊儿上卖的豆浆，越卖越稀，还有股水腥气。这刻儿，再从邻近的烧饼店，买上几根油条，几只烧饼，一家人喝着自家石磨上磨出的原味豆浆，吃着香脆的油条、香酥的烧饼，那个美，真的是美滋滋的。你会觉得，这美好的一天，便是从一碗自制豆浆开始的。

读梁实秋先生的《雅舍谈吃》，读到"豆汁儿"一节，原以为跟我们那里所说的豆浆是一回事，叫豆汁儿，不过是北京人喜欢儿化韵罢了。细看才发现，这"豆汁儿"跟"豆汁"还真不是一回事。梁先生说，"豆汁儿之妙，一在酸，酸中带馊腐的怪味。二在烫，只能吸溜吸溜地喝，不能大口猛灌。三在咸菜的辣，辣得舌尖发麻。越辣越喝，越喝越烫，最后是满头大汗。"他还提及，他小时候是脱光了脊梁喝豆汁儿的。

既然"豆汁儿"与"豆汁"不是一回事，那肯定就不是豆浆了。难怪梁先生感慨，"可见在什么地方吃什么东西，勉强不得。"是啊，毕竟梁先生说这番话时，已身处台湾，而不是北平。

蚕豆·豌豆

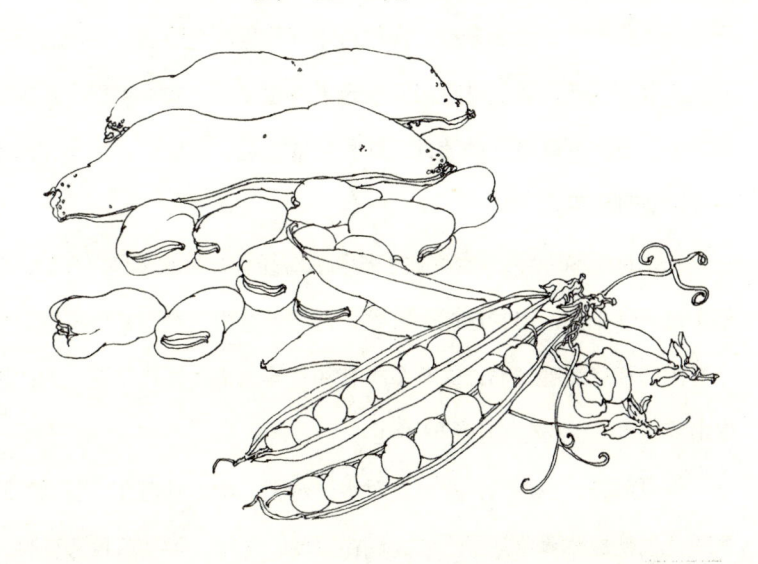

在我的印象里，种入大田的豆子，大约就只有黄豆和蚕豆。其实，一种作物，选择种植面积的大小，说到底是跟老百姓的需求多少联系在一起的。像前文介绍的黄豆，身为豆腐、百页之类豆制品的主要原料，为百姓普遍喜欢，因而种植面积比绿豆、红豆之类要大，也就在情理之中。想来，蚕豆大面积种植也是如此。而颗粒小巧的豌豆，竟能位列世界第四大豆类作物，而我国又位列加拿大之后的，世界第二大豌豆生产国，这倒让我有点儿意外。

种蚕豆，有条播和点播两种方法。条播，就是将豆种均匀地播成长条状，形成行的概念。条播需要注意的是，行与行之间，得保持一定距离。条播的过程，也是行形成的过程。同时，也是垄形成的过程。行与行之间的土，因为条播，而往行中间聚拢而至隆起，垄随之就形成矣。有了这垄，以后进行田间管理就方便多了。农人可行走在这田垄之上，不致踩踏蚕豆的植株。这种植播方法，速度快，适合在大田成片种植时使用。

二十世纪 80 年代，台湾歌手张明敏曾经有一首歌《垄上行》，很是火过一阵子的。唱着这样一首歌，行走于蚕田之垄上，那定然另有一番体悟和感慨吧。然，这垄多少有些差异。垄发挥作用更大的，是在山芋地里。容我在写山芋时再述。

蚕豆颇泼，少娇气。对土，对水，对肥，均不甚考究。所谓田间管理，也就是薅薅草罢了。乡民们在田埂、圩岸、隙地落种蚕豆时，则多用点播之法。先用小铲锹在地里挖开个小口子，之后将豆种丢进挖好的小口之中，覆土，不致豆种外露，再浇水护理即可。点播自由度较条播自由度大，条播时一旦行间距确定，就不能随意再变。一块大田，讲究的是方整化，田间作物行间距基本上是一致的，一望下来，很有章法，让人置身其间不仅便于劳作，且心情舒畅。如若无章法可循，行间距一乱，那情况就完全不一样也。这些，在条播时必须注意。其实，做任何事情都得遵循此理，无章法，抑或不得法，想要把事情办好，难。

点播时对行间距的要求则没有条播时那么严。因面积所限，落豆种时可根据实际面积大小，决定点的行距和间距之大小。地小，想多点，则每塘之间行间距需收紧一些，面积为尚可，又无需多点，这塘之间的行间距则可以放宽一些。当然，蚕豆种植密度也是有一定要求的，过密不利其生长，过稀浪费土地，皆不可取。

豌豆落种，不叫播，不叫种，叫"点"。时节一到，便见乡民们挎个小篮子，篮内放了豌豆种，外带把小铲锹，下田。有人问："干活啦？""点豆子。"不错，大凡豆子都是"点"，择定的隙地，无需翻耕，用小铲锹挖口子，往口子里丢上四五粒豌豆种，覆上些碎土。这样，挖一处，丢一处，覆一处。"点"完事先预留好的隙地，即可收工回家。

这蚕豆、豌豆之类，大多属懒种作物。落种之后，无需什么劳作，浇过几回水，并不用施肥，用不了几日，下种的缝隙间便有豆芽露白，渐渐钻出地面，露出几张嫩绿的豆叶来。那嫩绿，那鲜亮，让人见之怦然心动。一群新生命哦！

霜打雪覆的时光一过，田埂上，圩岸边，抑或大田里，绿茵茵的豆叶丛中，便有豆花开出。那蚕豆花，形似蝴蝶，瓣儿多呈粉色，外翘得挺厉害，似蝶翅；内蕊两侧，则呈黑色，似蝶眼。偶有路人经过，猛一看，似有众多蝴蝶儿翩跹其间。豌豆叶子较蚕豆叶子则多出一份轻曼与柔美，其花型与之相仿佛，整体要小些，有洁白的，纯白，乳

139

白；也有鲜红的，朱红，粉红，似更秀气。豌豆复叶而出，颇对称。其茎长长的伸出去，多卷曲，亦似蝴蝶的触角。微风吹拂，豆叶飒飒，又是一幅群蝶翩跹图。当地有一则小调，借豌豆花、大麦穗说事儿的，蛮有意思。录于此，与读者诸君分享——

豌豆花儿白，

大麦穗儿黄，

麦田（那个）里呀，

大姑娘会情郎，

哪知来了一阵风啊，

哎哟哟——

哎哟哟——

刮走了姑娘的花衣裳。

在豌豆未开花之前，倒是有一道好菜：炒豌豆头儿。

记得读小学时，有位城里派来的先生（这是我父亲的说法，他是读过几年私塾的，叫起我的老师们，倒是没有"先生"不开口的），是个女的，每天早上学生进校门，她总要从学生书包里拿到不少嫩豌豆头儿。听说，那是她关照的。那时，乡里人好像不吃这个。她说，真呆，好吃着呢。日子长了，学生们悄悄地喊她"嫩豌豆头儿"。从先生那里才晓得，豌豆头儿能吃，且好吃。

豌豆的叉头颇多，间着掐些头儿，无什么妨碍。掐豌豆头儿，自然得嫩才好。衡量的标志就是徒手去掐。轻轻一掐，就掐下了，便可用。掐下的豌豆头儿，甭切，洗净，配了细盐、菜油爆炒，一刻儿便好，上得餐桌，碧绿、鲜嫩、清香、爽口。据说，宴席上颇受青睐。这道菜，有两个讲究：一是原料得现采现做，否则不能言"鲜"；二是火功要适宜，起锅适时，否则，非生即烂，不能言"嫩"。

待得叶丛之中，蝶儿不见了，便有嫩嫩蚕豆荚儿、豌豆荚儿结出。豌豆花开过后，便有豆荚子结出，而豌豆叶儿便老了。豌豆荚子也罢，豌豆头儿也罢，豌豆也罢，一老，便无人问津了。

这里，嫩蚕豆荚子，值得拿出来，专门细述一番。蚕豆花落，叶丛间新结出的嫩蚕豆荚子，颇似一条条"青虫子"，蠕动其间。于是，乡里孩子到田野铲猪草时，时常顺手牵羊，干出"捉青虫子"的事来。照例，是不允许的。然，我们这些孩子，平时都是被称之为细猴子的，调皮得很，干"捉青虫子"这类事情，多背了家长所为。即便有人吵上门来，我们也会把头一歪，言下之意："你逮着了吗？"

其实，铲猪草，烧青豆子吃，不仅我们这些乡间孩子干。就连鲁迅、汪曾祺这样的文豪、名士也干。汪老曾专门为此著文：

我们那时偷吃的是最嫩的蚕豆，也就是长得尚未饱满的，躲在软软的羽叶间，有细细的绒毛，尾巴上尚留些残花，像极了蚕宝宝，只颜色是青的，家乡人有时干脆就戏称其为"青虫子"，摘一条在手里，毛茸茸的，硬软适度，剥开壳——或者也不必剥，只一掰就断了，两三粒翠玉般的嫩蚕豆舒适地躺在软白的海绵里，正呼呼大睡，一挤也就出来了，直接扔入口中，清甜的汁液立刻在口中迸出，新嫩莫名。

汪老回忆了小时候读鲁迅先生《社戏》时的感觉，说，"前面浓墨重彩地写与小伙伴游戏、坐船看戏，似乎就是为了衬出后面的偷食蚕豆。"只不过，在鲁迅先生笔下，蚕豆被称为罗汉豆。这蚕豆，除了罗汉豆这样的称呼外，还有胡豆、南豆、竖豆、佛豆之谓。据《太平御览》记载，蚕豆是张骞出使西域时带回的豆种，称胡豆，便不奇怪也。倒是那豌豆，有一称呼，叫国豆，怪吓人的。是否与我国豌豆产量世界第二有关？

汪曾祺先生直接引用了《社戏》里的文字，"真的，一直到现在，我实在再没有吃到那夜似的好豆。"汪先生介绍说，"鲁迅写此文时已近四十了，仍念念不忘，可见思之深切，而在小时读来，也正是这些描写，几乎立刻将鲁迅引以为同类，到现在，鲁迅不少文章已没有兴趣了，但此文仍是自己的最爱之一，每每翻来，都禁不住会心微笑——这大概与自己小时多干过此类事有关。"

阅读十分细心的汪先生，还明确告诉我们，鲁迅那时候所吃的似乎并非最嫩的豆子,而是"乌油油的都是结实的罗汉豆"(鲁迅语),并说"长结实的蚕豆生吃不行"。这一点,我们与汪先生同感。那时候,我们这帮乡里细猴子拾猪草,"捉青虫子",吃的就是新结出的嫩蚕豆。且我们的做法,似乎比两位大师直接入口,要有趣些。

在田埂上挖个小坑,架上枯草,找个破碗片子,放上剥好的青蚕豆。从衣兜里掏出火柴,一点枯草,毕毕剥剥作响,缕缕白烟直升。片刻工夫,草尽豆熟,拣一颗丢进嘴里,烫得丝丝的,也不肯松口,一嚼,热气一冒,豆香随之飘出。于是,你一颗,我一颗,消灭了这些烤熟的"青虫子"。抬头一看,彼此笑闹起来:

小小伢子,

长黑胡子,

娶新娘子。

丫头片子,

长黑胡子,

出不了门子。

笑闹得时辰不早了,便"轰"到河边,洗去嘴角上的黑灰,背了满筐猪草,回村。

青蚕豆烧细咸菜,是农家餐桌上极易见的一道家常菜。收工回家,临离田头时,从田埂摘上半箩青豆子,回去后,剥好洗净,从坛子里抓上几把细咸菜,混在一起爆炒,待豆子纯碧后,兑水烧煮。一好,便可享用。这道菜极平常,讲究的是青豆子不能老、亦不能过嫩。老了不鲜,过嫩不粉。剥开豆壳,观蚕豆芽,黄亚色为佳。且需现摘,现剥,现吃才好。平日里,城里人虽说也吃得上这蚕豆烧细咸菜。但,那青蚕豆多半是隔了几宿,才上街卖的。所少的,是鲜活之气。

吃青蚕豆,就是吃的时鲜。一过时,蚕豆老了,便只有长老豆子了。枯老之后的蚕豆,收获时,需连秸秆拔了,晒到天井里。晒过几个太阳,豆壳便自然开裂,剥剥扑扑地响,有豆子从黑黑的壳中蹦出,扁扁的,绿绿的。簸晒干净的蚕豆,择了小罐、小坛之类,装入,或留种,或冬闲煮"烂芽豆",亦是一道农家小菜——乡里人称为"老小咸"。煮烂芽豆,需将豆子破了壳,在清水里浸泡一些时辰,硬硬的豆壳松软了,便倒入淘米箩,爽干。之后配了佐料慢煨,至豆烂即可。这里,有个细节应注意:烂芽豆好了上餐桌前,千万别忘了,得拍上几个大蒜头子。

至今,都忘不了豌豆那滴溜儿圆的模样,小小的粒儿,挺玲珑。嫩豌豆,总是藏在豆荚子里,似待字闺中的少女,轻易不肯露面。故而,家乡一带卖豌豆,是连了豆荚子一起卖的。嫩豌豆荚子上市时,挺贵的。可城里人不在乎,图个新鲜。嫩豌豆荚子买了回家,撕去筋之后,常见的是细咸菜烧豌豆。细咸菜亦是新近上市的鸡毛菜,洗净剁碎,加盐少许,稍加腌制,自是鲜嫩,与嫩豌豆荚子倒也相配,做成一道菜,不会错的。若是嫩豌豆再去其荚,仅用纯豆米子爆炒,那更胜于配细咸菜了,炒出的豌豆,绿,嫩,鲜,令人食之难忘。

红萝卜·胡萝卜·连根菜

> 青菜萝卜糙米饭；
> 瓦壶天水菊花茶。
>
> ——《自题厨房》

这是乡贤郑板桥，自题厨房的一副楹联。以"诗书画"三绝，闻名于世的郑先生，其楹联亦堪称一绝。他所撰楹联，往往从日常中寻得联意，用常见物相构成联句，格调清新淡雅，用语明白晓畅。世人皆喜欢。然，郑先生的楹联，绝不止于此。又往往从这日常中发现和思索出更深的意味，让人会心，让人顿悟，让人从内心为他竖起大拇指。郑先生绝就绝在，这一切，他做得浑然天成，不露一丝造作。

仅从上述所录之联，亦能领略板桥先生的楹联风格。据说，此联是他拜访有归隐之意的友人之后，有感而发所书写，并标以"自题厨房"

字样，既表明了自己的心迹，又表达与友人心心相通之意。

现在镌刻于我老家县城郑板桥故居内的楹联，上联有所不同，为"白菜青盐粯子饭"。想来，亦无大碍，两个不同版本罢了。其楹联的整体风格、蕴藏内涵都是一致的。我现在写红萝卜、胡萝卜和连根菜，头脑里一下子就冒出了这副楹联来。

先说红萝卜。

我们那儿常见的萝卜，有白萝卜，有紫萝卜，有青萝卜，这几种个头都比较大。还有一种红萝卜，萝卜头儿小小巧巧的，皮色殷红殷红的，在地摊上卖时，多半带着碧绿的叶，煞似好看。这种小个儿红萝卜，被称之为"杨花萝卜"。

五月一到，端午节便要到了。家乡一带，家家烫了碧绿的粽箬，忙了裹粽子。端午节那天，家家门口屋檐两旁，都得挂上艾、昌蒲、粽子，还有红萝卜。艾和昌蒲须有根才好；粽子则是特意裹的，挺小巧的模样；红萝卜得带上绿茵茵的叶子，选萝卜头儿红红的，透了明的那种，够得上玲珑剔透四个字才行。本地乡俗如此，说是能驱灾祛邪，亦无稽考。

家乡人，多以种田为业，劳作甚是辛苦，日出而作，日落而息，时光多给了田地，故而饭食填饱肚皮就行了，历来不甚讲究。然，一年当中，亦有几日，吃什么菜倒是有定数的。譬如，端午节这天，中饭菜则必须有"五红"。这"五红"，虽说各家不见得一模一样，有的炒上半斤把虾子，算作一红（虾熟之后，便呈红色了）。也有的打

147

了斤把猪肉红烧，同样算一红。"五红"中，几乎家家都有的，则是红萝卜。

有一则关于乾隆、刘墉、萝卜与南京的故事。说，乾隆第六次下江南，对新近上市的萝卜很是喜欢。外省一位官员借机拍乾隆马屁，特地从他们本省挑了许多大个儿萝卜，言称，皇上圣明，这些萝卜都是刚长到这么大的。刘墉一向看不惯溜须之人，便想要治他一治。于是，派人专挑了些杨花萝卜进奉给乾隆，并向禀报道，今年南京遭了灾，这些是臣从南京找到的最大的萝卜了。乾隆见了一大一小两种萝卜，于是决定给南京免征当年税赋，其税额全部由那位外省官员所在的省承担。如此一来，这个头极小的杨花萝卜，便成了"南京大萝卜"。直至今天，"南京大萝卜"还一直叫着呢。只不过，有时这五个字中间会多出一个"人"来，就变成了"南京人大萝卜"，意味完全不一样矣。然，确有人这么叫。

在我们那里的民间，"扑萝卜"这道菜，做法颇为简单。先切去萝卜缨子，再将萝卜头儿洗削干净，放置案板之上，用菜刀扁扑，圆溜溜的萝卜头儿，自然碎裂开来，装入盘中，添上些许酱油之类的佐料，便可食用了。要注意，千万不要图省事，先将萝卜切开了，之后再扑，不行的。整个儿的红萝卜，扑开时自然开裂，加佐料咬在嘴里的感觉，与切开后扑的萝卜，是大不一样的。那自然扑开的萝卜，皮儿透红，肉儿嫩白，尝一口，脆中带甜，食后颇为开胃。既是过端午节，那雄黄酒必定要喝的。酒过三巡，端上"扑萝卜"这道菜，即爽口，又解酒，深得众人青睐。如今，这道菜，在城里人排排场场的宴席间，与山珍海味一般，同占一席了，颇值得人细细玩味的。

当然，如果想动刀子，也不是不可以。那就不是做"扑萝卜"，而是将萝卜切成萝卜丝儿，与海蜇皮切成的丝儿，一起配以麻酱油、醋等佐料凉拌，做成一道海蜇皮拌萝卜丝，嚼在嘴里"咯吱"作响，脆，甜，爽口。汪曾祺先生曾在他的文章中介绍说，"萝卜丝与细切的海蜇皮同拌，在我家乡是上酒席的，与香干拌荠菜、盐水虾、松花蛋同为凉菜。"这倒是和我老家做法一样呢。

在我们那里，城里人，做"扑萝卜"也好，做"海蜇皮拌萝卜丝"也罢，那红萝卜的缨子，多半是丢弃，不再派用场的。其实，萝卜缨子一样能做出可口佐餐小菜。切下的萝卜缨子，剔去黄老败叶，汰洗干净，切得细碎细碎的，拌入适量食盐，放在小腰桶里，碧上一个时辰，之后，挤去所含汁水，装入容量适宜的坛子中，压紧，再用干净稻草打成球，垫在石块或砖头上，之后，挨墙壁倒扣坛子，让草球堵住坛口，即可。这般静放一段时日，要吃时，随时均可从坛子里掏出些许，配以菜油、生姜之类佐料，爆炒，片刻工夫，便可食用，鲜、脆，且带清香。用它与早餐时的稀饭配，包你一口气吃上两三碗稀饭，亦舍不得丢碗。

再说胡萝卜。

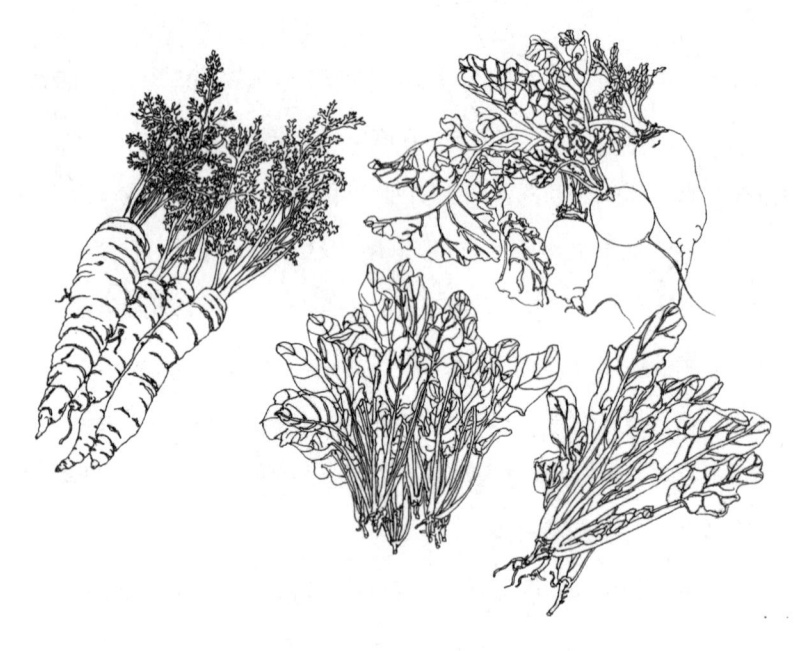

胡萝卜其实不是萝卜。它是人类种植比较早的一种蔬菜，距今有4000多年。一看它的名字，我们就知道，胡萝卜并不产于我国。一个"胡"字，天机尽泄。据李时珍《本草纲目》记载："元时始自胡地来，气味微似萝卜，故名。"李时珍说得很清楚，胡萝卜是元朝时从胡地传到我国的。再加上，它的味道有点儿像萝卜，因此叫了"胡萝卜"这个名字。

在我们那一带，胡萝卜，曾救过不少人的命。

我们出生正逢三年自然灾害，闹粮荒不是一个地方，吃不饱肚皮，不是哪一个人。人们连粞子饭都吃不饱。只得外出想办法，从外地购买些便宜的替代品。

入冬时节，我们那就里都会以生产队为单位，抽派出壮劳力，撑出几条大船，到北边上装些胡萝卜回村，分到各家各户，好让人们安安稳稳地过冬。

那时候，乡里人的饭碗里，常见的就是胡萝卜粞子饭。胡萝卜切得碎碎的，混在粞子里煮。胡萝卜缨子，亦派上用场。洗净切碎，腌咸菜。

情形稍好些的人家，便是胡萝卜、粞子、少量的米，"三合一"，做成饭。这跟文前所引郑板桥先生楹联中的"糙米饭"，大概差不多。

乡里人的日子苦着呢。到北边装胡萝卜，既花钱，又去工，不久村里便不去了。弄些胡萝卜种子回村，自己种。家乡一带，种胡萝卜，始于那年月。其后，种了好多年。种胡萝卜，多是集体统一的。择定了一匡田，便翻耕，破垡，落种。落种后的管理，挺简单。主要是上水，种子出了就成。

等到绿茵茵的叶子长出，黑的田地不见了，荒凉萧条之气不见了，绿绿的一片，充满了生机，充满了希望。乡里人的日子便多了分色彩，有了念想。

挖胡萝卜的活儿，村上人挺愿意干。两人一组，一个挖，一个拾。长胡萝卜的田块，土质较松，好下锹。一锹能挖上七八条胡萝卜的。稍稍抖动，沾在胡萝卜上的泥土便掉了，露出真面目来：长长的个头，黄黄的皮色，颇似人参模样。

在田间劳作，有些时辰了，要解渴充饥，信手拿几条胡萝卜用稻草擦擦，省事的便在自个儿裤腿上擦，掐去胡萝卜缨子，便大口大口地咬嚼起来，有滋有味，口角生津。这胡萝卜，极脆甜。乡里孩子，挺喜欢。细细想来，那年月，乡里人真是胡萝卜打滚了，做饭吃，消闲吃，还有腌了胡萝卜当"咸"吃。

胡萝卜中有一种维生素 A 的成份，就叫胡萝卜素，被人们常挂在嘴上。现在生活条件不一样了，绝大多数人讲究健康饮食，讲究身体摄入各种维生素要平衡，于是，胡萝卜身价提了上来。入冬，胡萝卜粳子饭，早不见了。城里涮羊肉的风气盛起来，几乎每宴必涮。涮羊肉火锅汤中，放了不少胡萝卜条子。据说，胡萝卜能除羊肉腥味。

几十年过去了，我们那里再也没有大面积种过胡萝卜。我真的为闹粮荒的年代一去不复返而高兴。

最后说连根菜。

连根菜，顾名思义，菜上还连着根呢，说明这样的菜是拔起来的，徒手所得。根还连着，无疑在告诉人们，它的鲜、活、嫩。显然，这是一种时令小菜。跟有些地方将鲜嫩的小青菜，叫做鸡毛菜，道理差不多。

在城里做事，上下班得绕几条巷子。时常碰到卖菜的，挑了柳条箩筐，装好一把一把的连根菜，走街串巷，不时吆喝几声："连根菜卖呀……"有城中居民问价，答道："两毛钱一把。"最令人忆起的，是那些春雨蒙蒙的日子，卖菜人披蓑戴笠，挑起菜担子，沿巷吆喝。观其菜，叶儿碧，根儿白，鲜灵灵的模样，颇叫人爱怜。那吆喝声，淋着细雨，在小巷上飘荡："连根菜卖呀……"

连根菜，多在靠水边的墒圩、田埂落种，无须用苗。择定的隙地，翻晒几日，便破垡、碎土，之后，撒下菜籽。撒种籽，定要匀。过密，过稀，均不理想，浇过几回水，菜籽出了，墒圩、田埂之上露出浅浅的绿。这时，上些薄水粪。那小菜的叶色便会由嫩黄渐渐"油"起来。用不了几日，便可拔起，或自家享用，或上街去卖。

连根菜，一天一个颜头。拔菜的时日，讲究的是适宜二字。早了，菜尚小。晚了，菜则老。连根菜拔起时，以用手掐得下根来为宜。因而，连根菜，多靠手拔，靠手掐，无需其他器具。吃连根菜，吃的就是鲜嫩。

家乡一带，最常见的是"连根菜烧汤"。刚拔下的连根菜，手一掐，嫩滴滴的。洗好，切好，放在锅里稍炒几铲子，之后烧连根菜汤，一透便吃。这透字，标出的是锅里汤汁的状态。透，便是锅开了，汤滚了，可以起锅了。一透便吃，那菜碧，汤清，味鲜，十分爽口。

这连根菜汤，讲究的是连根菜，现时拔，现时下锅；亦讲究连根菜单烧，无需再杂配其他食材。有一碗连根菜汤，一直留在我的味蕾中，叫我至今不忘。那是十几年前，我到老家的一个乡镇做某项专题调查，中午被留下吃饭。虽然那时没有什么"八项规定"，但我清楚地记得，那天中午没喝酒。在那个乡政府食堂里，喝到的一碗连根菜汤，给我的感觉超过了任何酒带来享受。那种清爽,那种清香,那种原汁原味,那种地地道道,真的叫人无话可说。幸亏没喝酒,否则,怎么能品味出原本极普通一碗青菜汤的妙处来呢?

能把一碗青菜汤做得如此纯粹,如此地道,也是一种境界。

山 芋·芋 头

山芋不只长在山上。

我老家一带，为苏北大平原，毫无山的影踪，山只能存在于我们的想象之中。与我同乡的小说家毕飞宇，曾写过一部名叫《平原》的长篇小说，影响很好。没有山，并不影响我们栽植山芋。山芋的栽植，在我们那儿倒很普遍，面积算不得小。最起码，每家每户，都有几分地的山芋田。

山芋，其名可谓五花八门，各地叫法大多不一样。其中有一种叫法，"金薯"，道出了山芋传入中国的经过。清人陈世元所著《金薯传习录》中，曾援引《采录闽侯合志》——

按番薯种出海外吕宋。明万历年间闽人陈振龙贸易其地，得藤苗及栽种之法入中国。值闽中旱饥。振龙子经纶白于巡抚金学曾令试为种时，大有收获，可充谷食之半。自是硗确之地遍行栽播。

还说："以得自番国故曰番薯。以金公始种之，故又曰金薯。"

相传番薯最早由印第安人培育，后来传入菲律宾。传入菲律宾之后，一度被当地统治者视为珍品，严禁外传，违者要处以死刑。如今这般寻常之物，曾经那样的金贵，真是很难想。所谓此一时，彼一时也。让我有些意外的是，陈振龙正是从菲律宾将山芋引入国内的两个中国商人之一。在当时，可是要冒着被处经死刑的巨大风险的。

陈世元在文中所提及的陈振龙，不是别人，乃其六世祖是也。乾隆二十年前后，这位陈世元，还曾在浙江宁波，以及山东青岛一带做山芋种植的推广工作。陈世元，便是经济专家陈云的父亲。据说，陈云年轻的时候，也曾跟随自己的父亲传种山芋。如此看来，这山芋得以进入我国并传种开来，实在有陈云祖上之功德也。

除了番薯、金薯的称谓，山芋还有着众多叫法。北京人叫白薯，河北人叫山药，河南、山西人称红薯，辽宁、山东人称为地瓜，江苏、上海和天津人称其为山芋，福建、广东和浙江称为番薯，陕西、湖北、重庆、四川和贵州称其为红苕，江西人称为红薯、白薯、红心薯、粉薯之类，不一而足。即便是同一区域，不同地方的人，对山芋的称呼也不尽相同，譬如我的老家山芋就叫山芋，而同属江苏的徐州地区则称为白芋，隶属徐州的下属县——丰县附近又称为红芋。再如山东大部分地区虽称其为地瓜，但鲁南枣庄、济宁附近的当地人又习惯把它叫作芋头，而真正的芋头则被叫作毛芋头。我不是农作物方面的专家，实在无法将山芋的叫法理得一清二楚。

山芋的种植，在我们那儿多半以山芋苗插栽。山芋苗，多为购买所得，极少自家地里育苗的。购买山芋苗，需要进城。没人将山芋苗挑到乡间去卖的。其实，这山芋苗，需求市场在乡村，不在城里。就是没人到乡下做这样的生意，不知何故。

春末夏初，县城的街头巷尾，便有山芋苗卖了。卖山芋苗的，多半挑了箩筐，沿街叫卖："山芋头儿，二角五一把啦！"乡里人，称山芋苗为山芋头儿，颇有道理。说是苗，其实无根，不过是从育种地，老藤上剪下的头儿罢了。山芋头儿，入土自会生根。卖山芋头儿的，在城里沿街叫卖，不是给城里人听的。城里人住房似鸡笼一般，够紧的，哪有地长山芋呢。那叫卖，是给进城的乡里人听的。这种买卖，不论斤两，论把数。一百棵一把，还是五十棵一把，卖主早数好，扎了稻草。买山芋苗的，一开口，便是要几千，多的上万，数目挺吓人，其实说的是棵数。多则几亩，少也有几分地呢，用得着。

长山芋的地，先得翻晒。之后，筑成土垄子，一垄一垄的，间距适宜为好。紧了，将来山芋藤爬不开；疏了，又费地。山芋头儿，便栽在土垄子上。有栽成一行的，也有栽成双行的。小垄子，便是一行栽在垄脊背上；大垄子，便是两行栽在垄两侧。

157

山芋苗颇泼，少用肥，多浇水。活棵后，藤迁得特快。头儿很快会伸到别的垄子上去了。这时，便要翻藤了。把山芋藤拉向原先生长的相反方向，叫翻藤。据说，翻一回藤，能多结大山芋的。藤叶过密的垄子，还得打掉些叉藤和叶子，带回家中，猪是很欢迎的。但，均喂猪，不免可惜了。山芋藤上生出一根一根的叶子，其叶掐去，留下尚嫩的叶柄，撕掉柄外面的皮，切短，配以青椒，爆炒，便是一道家常小菜。清香，脆括，蛮下饭的。

个把月时光，便要割藤，收获山芋矣。翻挖出的山芋，皮红肉白，形态万千，颇好看。也有皮色淡黄的。挖山芋，便吃山芋。刚挖出，山芋脆、嫩，亦有不少水份。既解渴，又充饥。山芋挺能长的，分把地，能挖好几百斤呢。家里自然吃不了，便备了船，到街上去卖。很便宜的，几分钱一斤。街上人，买得挺多，吃个新鲜。切了条子炒，切了块子煮，皆可。也有切成片子晒干的。乡里孩子，在家里收山芋时，多半选了些滑溜溜的，吊在房檐风口处，让风吹上一冬。天冷了，飘雪花了，再一个一个取下来，或生吃，或丢进灶膛里炕。生吃，那山芋，特甜。炕山芋，则香甜。山芋，给乡里孩子的冬季添进不少趣味。

城里也有炕山芋，那跟我们乡里的炕山芋不太一样。城里有人专门卖炕山芋，那是在做一种生意。入秋，就有了。做这种生意全部的家当，便是一只大炭炉子，特大。立在路旁。炉台上放山芋。卖炕山芋的，与做别的生意不同，从不吆喝。老远，便能闻到炕山芋的香味了，颇馋人的。

说完了山芋，再来说一说芋头。

儿时的记忆里，我之于芋头，是没什么好印象的。家乡人，多以芋头为副食。做菜，做饭，均可。做菜，常见的，是芋头烧青菜。味道极平常，不怎么下饭。然早先的日子，乡里人餐桌上要想有可口的菜，少见。那芋头，干干的，淡淡的，还得咽。做饭，则是芋头与籼子、米几合一，一起下锅，煮成芋头饭，也可以煮芋头粥。那年月，粮食紧缺是经常的事，指望吃上一餐白米饭，几乎是妄想。只能是板桥先生所言的"糙米饭"。

有一件往事，说来让我掉泪。我小的时候在外村读书时，外婆讲给我听的。差不多我出生的那年，也就是三年自然灾害的当口，我的外公和最小的舅舅，先后因饥饿而死。当年外公万般为难地跑到自家一亲戚门上，想讨口米饭。外公知道亲戚家条件好，在当地当干部，有白米饭吃的。结果饿得头昏眼花，腿脚发软的外公，拄着拐杖到亲戚门上，并没能如愿。亲戚家用一碗照得进人脸的米饮汤，把外公打发掉了。在亲戚家待着没米饭吃，再怎么待也没意思，外公只好起身离开。离开不远的外公，想想心里不舒服，这亲戚可不是一般亲戚，是肉上生的肉，是自己的至亲啊！难不曾亲戚家也粮食紧张到了煮不起白米饭？可别冤枉了亲戚。于是，折回蹲在亲戚家锅灶间窗户下等，看看是不是有什么动静。果然，亲戚家以为外公走远了，从锅灶间挂着的大筲子里，取出一大盆白米饭，放在锅里炒。就这，已经让外公眼馋了。外公哪里知道，亲戚还要在白米饭里倒上香喷喷的菜籽油，这不是要了外公的命么？那香味，真是一把杀人的刀！终于，外公再也忍受不住，用尽浑身力气，撞开亲戚家紧闭的大门，冲了进去，破口大骂——

"你们这些个畜生！"

后来，亲戚万分尴尬地端了一小碗油炒饭给外公。愤怒的外公，一拐杖，油炒饭被打翻在地上。是啊，那飘散着油香、米香的油炒饭，外公又怎么可能咽得下呢？外公最终没能吃上亲戚家一口白米饭，回到家中不久便去世了。读者诸君不要以为我是在写小说，我手捂心口发誓，这是外婆告诉我的真事！好了，家事少叙，继续我笔下的芋头。

我们那一带所长的芋头，多为子棵芋。一只挺大的球茎块，便是母芋。每只母芋上，长有许多脑芽。母芋每生长分蘖一次，都会形成小的球茎块。第一分蘖形成的，叫子芋；从子芋身上再次分蘖形成的，叫孙芋。如若土壤、温湿条件适宜，还有可能继续分蘖，形成曾孙芋、玄孙芋。看起来，这芋头的亲情关系，比人要好得多。

做菜，做饭，以用芋头子儿为多。分蘖次数多了之后，母芋的可食性便差了许多。如若在生长过程中，经水多了，芋头的口感就会降格，不及香沙芋、荔浦芋之类来得粉，来得糯。有一阵子，电视剧《宰相刘罗锅》热播，把荔浦芋头也弄得热火朝天，跟着在各大饭店火起来。大概是受其启发，我老家的当政者，也曾请了毕飞宇等一批名家，专门为家乡芋头著文，在当地也还是产生了一定影响。

子棵芋，从地里挖出时，成棵成棵的。挖之前，先割去叶子。那叶子蓬蓬大大的，深绿的颜色，颇似荷叶，是上好的猪饲料。给成棵的芋头去土，掰芋头子儿，再把母芋（乡民们叫芋头根）置于朝阳的窗台上，抑或墙脚下，让太阳晒。此时，母芋便可暂且不去管它，要晒一冬呢。那一只一只的母芋，外形，大小，差不多，一溜儿排着，样子蛮好玩。这景象，秋时的农家，多能见到。这里需注意，晒在窗台上的没什么问题，晒在墙脚下的，便要防猪子吃。农家的猪圈，猪跑出来觅食，常事。更何况，有些苗猪，就不怎么关猪圈的，要等散养一段之后，才令其蹲在圈内，不让出来。

头疼的是，给芋头子儿去皮。大人临下地，拾好小半篮子芋头子儿，说一声，刮好了，烧芋头青菜汤。只得从墙旯旮，或是窗台上，找出破碗片，一个子儿，一个子儿，刮。挺费事，费时。常常一个早上，就"卖"在上头了。什么老鹰抓小鸡呀，泡汤。这也罢了，头疼的是，芋头汁痒人。稍不注意，刮时，有一两滴汁迸到手上，或是芋头皮沾到手上，便糟了。手立时会痒起来，越抓越痒，往肉里抠，奇痒无比，挺难受。万一有汁迸进眼皮，更难受，揉不了几下，眼便通红通红的了。

不想刮芋头，投机取巧的事，我也曾干过。大人让刮芋头子儿，待人一走，便只管溜出去玩"老鹰抓小鸡"之类。时辰差不多了，回到家中，将芋头子儿，拎到河口，洗洗颠颠。干净了，和了青菜、糁子、米，一锅烧。煮成一锅毛芋头青菜粥。加些盐，烧得咸咸的。毛芋头，筷子一夹，稍一用力，白白的子儿，小鸡蛋似的，脱了皮。咬在嘴里，有滋有味，蛮鲜的。

因懒惰而烧出的毛芋头青菜粥，三合一，抑或四合一，皆别有风味。

现时，芋头竟贵了。家里烧菜，汪豆腐，少不了芋头丁子；萝卜芋头汤，少不了芋头条子。肉与芋头红烧，小孩子没命地抢芋头吃。若是在那时，不抢上几块大肥肉才怪呢。然，终不及毛芋头青菜粥来得浑然天成，滋味地道。

懒，还能懒出一道美食来，看来，懒也不全是不好的。

第伍辑

时令的味道

糖团 / 春卷 / 米饭饼·油条·粘炒饼
焦屑·圪垯 / 炒米·麻花 / 腊八粥

糖　团

写下这一题目，脑海里便浮现出一幅画面：大年三十晚上，在堂屋的电灯下，我们兄妹四个，挤在父母身旁，围坐在大桌旁，自己动手，包糖团。那是一家人欢天喜地吃好年夜饭之后的事。

在包糖团之前，我和父亲有一件重要工作要做：敬神。父亲是从旧社会过来的人，又读过几年私塾，自然会讲些旧时的规矩礼。

敬神，主要的祭品是"三呈"：鱼，豆腐，一块猪肉。鱼，多为一条鲫鱼；豆腐，一方整的，不能散；猪肉需在开水锅里焯一下，且配有"冒头"和"冒子"。这"冒头"，抑或"冒子"原本指文之序言，鲁迅先生在《彷徨·孤独者》中有"先说过一大篇冒头，然后引入本题"这样的句子。此处用其引伸义，意为不重要的搭配物。这里的"冒头"是一小块猪肉，听父母亲讲，无论什么时候，猪肉不能是一块，一块便是"独肉"，含吃"独食"之义，引之为"毒肉"，不作兴。

因而须有"冒头"。"冒头"和"冒子"原本意思相近，这里的"冒子"指拴肉用的草绳。早先便是几根稻草，能拴住肉便行。

此外，酒是少不得的。得是新开的，满瓶酒，白酒。已经开了瓶的酒，再敬神，不恭。一瓶酒，配三盏小酒盅。还有就是黄元、香和烛台。这里的"黄元"，乃敬神专用之物，纸质，绘有神灵图案，因其色黄而得名。

我们家敬神程序多半这样：父亲先洗了脸，在家神柜上摆好敬神所需之物，点燃烛台上的蜡烛，之后手持黄元和香柱，在家神柜前下跪（母亲早备好了软软的草蒲团），作揖，给神上香，敬第一杯酒，每盏略加少许。因敬酒要敬三次，一次添满杯盏，后面难办矣。父亲有的是经验，这样的小环节，自然会考虑周全的。

待三次酒敬过之后，父亲便会点燃黄元和手中一挂小鞭，向家里喊一声："放炮仗啰！听响——"因家中有小孩子，提醒后好让孩子们注意，不至于吓到。怕响的孩子可捂住耳朵。一阵短促的"噼啪"声之后，便是我的主场：燃放长鞭。那可是真够长的，两三米总是有的。那"嗤嗤"声过后，一阵长时间、剧烈的鸣响，"噼里啪啦""噼里啪啦"……耳朵被炸得有点儿吃不消呢。且慢，吃不消的还在后头呢！

紧接着，父亲和我一起点燃一种叫"天天炮"的大炮仗，一般是十只，取十全十美之意。我和父亲各点五只。"嘭——啪！""嘭——啪！"只见一束火花直窜入年三十夜的夜空，火花四射了，心花怒放了。妹妹们是插不上手的，放这样的"天天炮"有点危险，稍不小心就会受伤。炸伤手，炸伤眼睛的，都有。其时，无现在的连响礼花炮，点一次，响50响，100响，随你选。时代毕竟不同了。禁放鞭炮的呼声越来越高矣。

我和父亲敬神放鞭炮时，母亲也没闲着，在进行着一件同样重要的工作：和米粉。米粉，是年前母亲精心准备好的，预备着过年时用的。但最重要的一次，便是大年三十晚上。这米粉，是饭米（顾名思义，平时煮饭之米，多为籼米，较糯米粘性差）和糯米混合而成，和米粉时得考虑其粘稠度。和的过程中，水的份量要恰好，过多，过少，皆不能和出最佳状态的米团（米粉和到一定程度形成的状态）。米团，讲究的是软硬度，粘稠度，都达到最佳点。说得玄一些，和米粉者，必须掌握米粉的性子，要知其根底，是吃水多，还是吃水少，而不是仅靠现场看瓷盆里的米团，是烂了，还是硬着。这点儿名堂，当然难不倒母亲的。每年都是她想方设法，准备下这过年用的米粉，有时候还到外婆家去借。说是借，我从没见还过。妈妈说，这是外婆的一个策略。外婆生有七八个子女，母亲最小，偏爱一些，也正常。那年月，家里宽裕的人家不多，要是舅舅们、姨娘们都到外婆门上，要这要那，外婆再富余，也不够分的。这借，他们也就没话说了。当然，在我的印象里，数我母亲对外婆最好，最贴心，最舍得给。

这米粉，是什么饭米，什么糯米，配比多少，都在母亲肚子里装着呢，用乡里人说法，一肚子数（意为十分清楚）。和起米粉来，当然错不了。

母亲和米粉的当口，三个妹妹也没闲着，除了看我和父亲放鞭炮，还有就是，分配大年初一早晨扎辫子的头绳儿，各种颜色。过年当然选红色，但红也好多种呢，大红，粉红，深红，紫红……母亲真够细心的，想着法子让妹妹们开心。当然，这些头绳儿，即使现在不一定全派上用场，也浪费不掉，能用一年呢。想要新的，只能等下一年啰。

妹妹们还会相互比新衣裳的花头，看哪个身上的花头好看。在母亲眼里，姑娘家，还是打扮得花蝴蝶似的，好看，讨喜。所以，过年，父母亲手头再紧，也要给她们买件新衣裳。不一定一身新，但大年初一走出去，让人家一看，浑身都有一股新鲜气。母亲总挂在嘴边的一句话，"自己的细小的，穿得叫花子似的，做家长的脸也没得地方放。大人穿得丑点儿，人家能体谅。"因此，父母亲很少时候添了新衣裳。像人们常说的那样，有钱没钱，洗洗过年。我印象里，父母亲做件新衣是要过几个年的。也就是正月里过年几天穿一下，年一过立马脱下洗净，折叠整齐放回箱子里，等下一年再拿出穿。如此，外人看上去，还以为是新添置的。

等到母亲把和好的米团端到堂屋的大桌子上时，一家大小都围拢过来，共同完成一件最最重要的工作：包糖团。

这时候，父亲已又一次洗手，拿出糖罐子、芝麻罐子，准备做包糖团需要的馅儿。糖团的馅儿，在我们家有两种：一种是直接放糖包的，多为红糖馅儿。另一种是将芝麻捣烂成粉末状,和红糖混在一起,制成芝麻馅儿。这芝麻馅儿,比起红糖馅儿,更多一层芝麻香。我们家包糖团,有趣的是妹妹们。她们仨总是要比试包糖团手艺的高低,有意在自己包的糖团上做记号,好在第二早上,父亲下糖团时做个终裁。

一盏灯照着,一家人团团地围着,开心地说笑着,并不影响手里包糖团的活儿。这便是一年中最快活的时光。包着包着,外面下起了鹅毛大雪,纷纷扬扬,飘飘荡荡。不用多会儿,白了天,白了地,白了树杈,白了村庄。父亲朝门外望了望,说:"这是瑞雪,好着呢。"

是啊,瑞雪兆丰年。庄稼人,能盼上一个好年景,比什么都重要。

在我们那里,流传着一句俗语:"大人盼种田,小孩盼过年。"大人盼种田,其实就是盼望有个好年景,风调雨顺。而小孩子盼过年,聪明的读者,肯定已从我们家兄妹过年的情形当中,体会一二矣。说实在的,乡里孩子,还能找出比过年更快活的时候吗?即便有,也是少得可怜的。

过年,小孩子在家里家外都能得到好。家里做了新衣裳,给了压岁钱,还能吃上糖团这样令人垂涎的美食;在家外,便是满庄子的拜年,花生、瓜子满袋装,偶或有意外,也会有人给红包的,两三毛钱吧,心意罢了。还有就是,大年初一早晨,吃糖团。这可是那寡汤寡水的薄粥,怎么比,也比不了的。

前面已经向读者诸君交代,这糖团,糯米粉为主要原料,配以适量饭米。淘好的糯米,在米箩里,爽干,涨上一个时辰,再拿到机器上轧,石磨子上磨,碓臼上捣。考究的人家,还是喜欢在碓臼上捣。虽说费些工夫,费些力气,但捣出的粉,比机器轧、磨子磨的要细、粘。

大年三十晚上,我们那里,几乎每家每户,都在包糖团。和好的米团,弄得粘粘的,软硬适宜。就到瓷盆里,掐坯子,一个一做。先将坯子做圆,中间捏成洼洼的装上小半勺子糖,多半是红糖,再慢慢合拢,捏起,搓圆。之后,一只一只装到小脸盆儿,抑或小竹匾子里,覆上湿毛巾。初一子大早,烧开水,下糖团。

在我们家,这道程序多数时候是由父母亲来完成的。大年三十晚上,一夜的兴奋,初一子大早,我的妹妹们都迟迟起不来。这样的时候,父母亲会先给我倒杯红糖茶,吃点儿京果、云片糕之类。等到她们仨都起来,相互拜了年(说几句祝福的吉祥之语,并不真的拜),之后,逸事逸当,一家人团坐到大桌上喝茶、吃糖团。这糖团,咬在嘴里粘滋滋,甜津津。真的好吃。

过年吃糖团,团团圆圆的意思,大吉大利。

春 卷

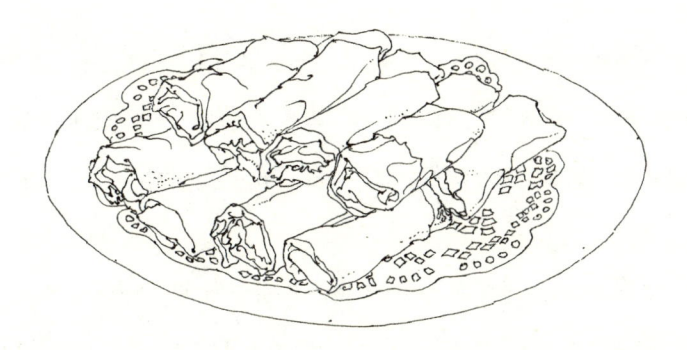

春日春盘细生菜，

忽忆两京梅发时。

盘出高门行白玉，

菜传纤手送青丝。

这首杜甫的七律《立春》，描写的是诗人当年在长安、洛阳过立春时的那番开心热闹的情景。立春之日，食春饼、生菜，古以有之。这春饼、生菜，装入盘中，谓之春盘。而这春盘中的春饼，正是我们现在所说的，春卷。

宋代有一部多卷本岁时风俗记，为祖籍福建崇安的陈元靓所编撰。书中记载："在春日，食春饼，生菜，号春盘。"

而到了清代,春卷之名便已出现。在一部系统介绍扬州菜的食谱《调鼎集》中,就已经有了春卷的具体做法介绍:

干面皮加包火腿肉、鸡等物,或四季时菜心,油炸供客。又,咸肉腰、蒜花、黑枣、胡桃仁、洋糖共剁碎,卷春饼切段。单用去皮柿饼捣烂,加熟咸肉、肥条,摊春饼作小卷,切段。单用去皮柿饼切条作卷亦可。

这里介绍的三种方式,与我们现在的春卷做法,应该说非常接近。《调鼎集》又名《童氏食规》,因而,一般认为其作者为扬州盐商童岳荐。

典籍对春卷的记载不免枯燥,民间对春卷由来的介绍,则要鲜活得多。有一则民间传说,略述与读者诸君分享。说,有个能干的小媳妇,为让自己老公安心求取功名,自己发明了一种食物:卷饼。这小媳妇刚开始,用麦粉摊饼送至老公案头,只是为老公用餐时,尚能攻读。时间一久,她发现饼容易冷,怕心老公吃下去不舒服。于是,将麦饼下油锅煎炸,如此,比原先效果要好。但,老公读得用功投入时,这饼子还是会凉掉。于是,小媳妇将麦饼油炸之后,趁热包卷起来,这样热气不易散发。咬着爱妻精心煎制的卷饼,赶考书生更是用功,学问大进,最终金榜提名,如愿以偿。这则故事,流传在古代的莆田。

如此看来,这春卷,还是一款爱心美食呢。

春卷在我们那一带餐桌上出现,多半是在春节前后。它的确是应着春天的脚步而来，也为我们家乡县城平添一幅春天的风俗画。

和前面那位莆田小媳妇做法一样，我们那儿的春卷，其皮儿以干面粉为原料（麦粉）；其馅儿，多为嫩韭菜黄与精肉丝炒制而成，亦有素净一些，用鸡蛋皮儿的。当然，自家包制，完全可根据个人喜好、口味而定，想包什么馅儿，包什么馅儿。套一句流传颇广的说法，我的春卷，我做主。

在我的印象里，包春卷尚无机械操作，全靠手工。一张皮儿，挟上些馅儿，一面一面折叠成长短相宜，圆中略扁形状，封头时，手指蘸些水，润一润春卷皮儿，再封头，便不易散了。

这道工序颇关键，封头不好，油炸时极易散的。一散，全无了春卷的种种妙处，便不能叫春卷了。油炸之后的春卷，齐整整的堆放盘中，色泽黄润，上得餐桌，卷香袭人，直诱得你味蕾活跃起来，赶紧动筷子趁热品尝。最是那咬上一口之后，嘴里烫得"丝丝"的，还是舍不得丢开，那份香脆，真的让你欲罢不能。伴随着"咯吱咯吱"的咀嚼声，一支香脆的春卷，直接将你俘虏。

餐桌上，春卷销路颇畅。这春卷不仅美味，而且实惠。招待客人时，不仅能让客人享其鲜美之味，且又能暂时填补一下客人腹中亏空。如此一来，客人们开怀畅饮时，便不易醉也。

家乡的春卷，总是和一幅永不褪色的画连在一起的。初春的雪，纷纷扬扬，飘飘洒洒，天白，地白，树白，房屋白。雪停太阳出，稍一留意，街道拐弯处，墙角避风处，便有扎了红头巾，身着小红袄的年轻女子在卖春卷皮儿。

这卖春卷皮儿，须现做现卖。待走近那红袄女子的操作现场，仔细看时，她卖春卷皮所需的家当，亦颇为简易。为主的是一只煤球炉子，生好了火。炉子上面便是锅片子，看得出，锅片子是热的。偶或有一两点面糊滴到上面，立马由潮色变干，翘起。这时，须及时清理，否则会焦在锅里，影响春卷皮的摊制。

摊春卷皮儿，面糊的调制很关键。所以，这红袄女子身边，还有面粉袋、水桶、脸盆儿之类食物和用具。脸盆儿不止一只，有空的，有实的。实的脸盆儿里头，多半是新近调拌好的面糊。春卷皮便是从面糊糊加工而来。

但见那红袄女子一手抓着面球（面糊掐出的一小部分），不停地在手中晃荡。看得出，面球弹力颇好，来回伸缩幅度颇大。见铁锅片热到一定程度，便将手中面球轻印在锅片上，动作快捷而娴熟。此时，那锅片上便有一块白斑，圆圆的，片刻工夫，渐干燥，翘皮，泛熟色，取下，一张春卷皮儿便成了。这里有个细节，摊春卷皮，怎么只用锅片，而不用完整的锅呢？主要涉及操作方便与否。整锅，其弧度较大，面球接触面不及锅片，因为锅片乃锅之局部，弧度要小一些，面球与其接触，比较靠，且实，所摊春卷皮不致残缺。春卷皮不成圆，是没人买的。包不成春卷的春卷皮，买回家有什么用呢？这些都是我早先的印象。

现在几十年过去，摊春卷皮，有专用锅了。这样一来，人们都可以在家里自己摊春卷皮了。

现代化设备摊出的春卷皮，在我看来，终不及像红袄女子这样亲手摊出的春卷皮。薄如蝉翼，圆如凉月，不能不叫人叹服那女子的手艺。

包春卷，讲究的便是皮儿薄而不破。破则包不好，即使马马虎虎包了，也要散。皮厚，下锅则不易炸熟炸透，即使馅儿熟了，亦不会脆。所包春卷，味也差了许多。

这一切，全凭做春卷皮儿之人，手上的功夫了。

难怪家乡做春卷皮儿的以年轻女子为多，想来女孩家心灵手巧，那纤嫩的小手耍弄柔韧的面球定是相宜的。

亦难怪白雪纷飞的时节，常见红头巾如报春花一般绽开。然，这一切只留在我的记忆里。

米饭饼·油　条·粘炒饼

在我的印象里，米饭饼天生就是为油条准备的。在我们那一带的民间食点当中，似乎再也找不出，像米饭饼配油条这样的组合了。相比较而言，油条这样的食点，较米饭饼要更为普遍。这样一来，米饭饼在和油条的组合中，就降格为从属，行搭配之功效。

米饭饼作出这一点点牺牲，饱了我们这些芸芸众生的口福。这米饭饼包油条，米饭饼软乎乎的，油条脆刮刮的，一软一脆，丰富了食用者的口感。咀嚼起来，咬劲十足，那是单纯吃米饭饼，抑或单吃油条，都找不到的感觉。说到感觉，颇为奇妙。很多时候，你说不出所以然，但就是这种感觉，遵循之，则如跃入一马平川之地。否则，有如逆水行舟，得历尽千难万险，方能如愿。所以，有人对这些感慨良多，呼吁："跟着感觉走。"

这米饭饼与油条组合在一起，让米饭饼的酸甜，与油条的油香，在食用者口中融合，丰富了食用者味蕾体验。味觉的满足，是单纯食用米饭饼，抑或单纯食用油条，都不可能获得的。这样组合起来，其味道一下子多出几个层次，淳厚，圆融，妙不可言。真正产生出"一加一大于二"之效果。不知当初，这样的组合是怎么形成的，是专家研究试验的结果？还是"行政干预"（生拉硬配）的结果？抑或是无意插柳之收获？总之，在当下众多领导者"只管结果，不问路径"的思维模式中，米饭饼包油条获得了巨大成功。

其实，在我们那里，最早米饭饼是个单干户。早年间的乡下，哪里会有什么油条哟？说句实话，我在到外村读书之前，头脑中根本没有油条的记忆。即便吃过，也是极少极少，根本没有留下油条的味道，也就等于没有吃。然，米饭饼的味道，从小就牢固地贮存于自己的味蕾之中也。

早先，我们县城里卖米饭饼的挺多。一大清早，在马路旁择定地方，安顿下锅、炉、桌、凳之类，便开市。那时好像没有"城管"这一概念，市民们摆摊设点相对容易一些。当然，这些做小本生意的，也是为了养家糊口，不易。他们自己也自觉，绝对不会摆了自己的小摊子，影响了城市的交通，也不会留下多少垃圾。做这种生意的，作奸耍滑者少，多为忠厚本分之人。每每收摊之前，总会将摊位清扫一番。既为别人留下干净空间，也为自己第二天开张省去许多麻烦。这样的小本生意，多半是固定的摊儿点，或多或少都是有一些老主顾、回头客的。既然生意每天都在这儿做，清扫一下，利人利己，何乐不为也。

卖米饭饼没多少行当。炭炉上架锅。桌上放瓷盆，调好米粉；又放张竹扁子，装米饭饼。总有东西覆着。或一层布纱，夏季挡灰尘，挡苍蝇；或夹着棉絮，冬季保温，什么时候拿出来，米饭饼均热乎乎的。

卖米饭饼，讲究的是边做边卖。刚出锅的米饭饼，其暄松程度，跟久置竹扁之中的差别较大。因此上，做米饭饼的，待铁锅热后，将调和好的米粉，一小团一小团往锅边上摊。并不是摊得越多越好。用我们那里乡民的话说，靠船下篙。看食客多寡，决定现场摊饼的速度和摊饼的数量。这样的风味食点，口感、口味，好坏与否，均较为重要。如若把得不严，便留不住食客，那还做什么生意哟？

做米饭饼的，对做米饭饼的工艺流程，当然烂熟于心矣。多少米粉，加多少水，有讲究。米粉调和得适宜。水少，过硬，摊不成饼。水多，偏烂，也摊不成。做这等生意的，摊起饼来，样子很娴熟，很潇洒。随手抓起，丢在锅上，用力适度，便自然摊开，成椭圆状。

锅中有饼时，可将炉门打开大一些，炉火自然旺起来。显然，不做饼时，炉子的火是闭着的。不一会儿，有饼香飘出，便可铲饼，出锅。摊出的米饭饼，如出一模，大小、形状，均无两样。这纯粹是做米饭饼的手上功夫。多少年练就，新手当然达不到这样自如之境地。

卖米饭饼的附近，多半都能找到卖油条的。卖米饭饼的，和卖油条的在一起，似乎是天经地义的。细心的食客，自会发现，这"在一起"

是有主次的。正如我前文所述，米饭饼与油条组合起来，米饭饼是主动与油条搭配，因而，卖米饭饼的，摆摊设点，一个重要择定标准便是，附近有没有卖油条的。卖油条，较之卖米饭饼似要讲究一些，多有店铺，有的甚至还有招牌，"××油条店"之类。油条，是在油锅里煎炸而成。发酵好的面，事先切成一小块一小块，做油条的坯子，两块坯子捏在一起，在师傅手里三一拉两一拉，抻到一定长度，轻轻往沸油锅内一丢，只见油锅骤然翻腾，油条更是翻滚不已，瞬间膨胀，浮至油面，色泽由白至嫩黄，油条香味便从油锅飘出。此刻，师傅用一双超长竹筷，将煎好的油条挟出锅来。有性急者，上前想取，往往被师傅挡住。为何？刚出锅的油条，滚油在身，烫到在其次，尚未完全香脆，须放入铁丝篓子内爽掉油汁，稍等片刻之后，再放进竹扁，顾客即可取拿。油条出锅，师傅动作既要迅速，又要拿捏得当。速度慢，油条色至深黄，便老了，甚至焦了。过早出锅，炸得不透，再怎么爽，也脆不了。我们这带人的口感，多喜脆。因而，油条以煎炸透，且色泽嫩黄为佳。有一年，出访台湾，接待方特意安排，让我们品尝名气颇大的永和豆浆，配食油条。超大个头的油条，咬在嘴里，肉质颇厚，外脆内软，不似家乡油条外脆，内也脆，表里如一。叙述至此，不得不言及油条豆浆之组合。这一组合，看起来，亦颇受民众喜欢。因在《红豆·绿豆·黄豆》一文中，已经写到豆浆，读者诸君可参阅。

回到米饭饼油条组合上来，这卖米饭饼的，叫起卖来："米饭饼

179

包油条啦！""米饭饼包油条啦！"卖米饭饼的，有时候直接从油条店拿些油条过来，在自己的摊儿上一同出售。这样的合作，当然会和油条店师傅有所约定。做生意，讲究和气生财。有时候，也得亲兄弟明算账。否则，合作长久不了。

想来，这米饭饼进了城之后，才得以与油条组合起来的。在城里做事，早晨赶钟点上班，来不及吃早饭的，早餐通常是路旁的米饭饼包油条。有时顺道停靠，自行车龙头一斜，人都不用下车，说一声，"来个米饭饼包油条！"摊主嘴里应着，"好哩！"手里两张米饭饼、一根油条，挟着包好，递到骑车人的手上，一手拿钱，一手递饼。米饭饼包油条，多半是两张饼包一根油条。抑或也有一张饼包一根油条的，少。买时需特别交代。这样的早餐，实在方便。赶时间上班一族，在骑车上班的途中，便完成了早餐任务。

不过，有一点，城里的米饭饼，和我们儿时在乡间见到的米饭饼，似乎发生了一些变化。我们小时候吃的米饭饼中，是见得着米饭的，清楚得很。

这米饭饼里的米饭，颇不一般。得馊了才行。一馊，能进口？唯其馊，才能做出米饭饼特有的略带酸甜的味道。上一顿的馊粥，注意馊而有度。头一天晚上，和米粉调好，焐在锅里。经过一夜的发酵之后，米粉便发好，可摊饼矣。第二天大早，升火，锅热后，浇上几勺子菜油（做饼不沾锅），直接摊饼。可摊一锅，整的，锅多大，饼多大。也可摊成一块一块的。

饼离锅前,再浇些油。如此做出的饼,黄爽爽,油滋滋,香喷喷,甜甜的,又酸丝丝的,好吃。说句实话,好吃是好吃,然终不及米饭饼包油条。

至此,读者诸君似乎要批评我的偏心,题中的粘炒饼,至现在只字未提,实在不应该,容我接下来专门叙述。

粘炒饼,多数时候出现,是跟某些节日、节气连在一起的。虽然平时偶尔也能吃到,但却是极少的。但譬如到了清明节、冬至之类,我们那一带乡间都会有一些祭祀活动,有家庭的,有家族的。这祭祀食品中,少不了粘炒饼。

粘炒饼,以糯米粉为主要原料,做起来颇方便。糯米粉和水搅拌,成泥状,硬、烂适宜。硬,糯米粉不粘,易散;烂,则过粘难做成饼状。先做成大如小孩巴掌的圆饼,一只一只贴在锅上,盖上锅盖,升火加温,至饼子有糊面,再将另一面翻贴在锅上,继续加温。两面皆形成糊面后,便加适量的菜油、红糖,抑或白糖,喷少许净水,在锅里炒,炒至饼呈熟色,软乎,粘稠,即可出锅,以供食用。此时,挟在筷子上的饼子,有粘丝牵出,大概这便是粘炒饼"粘"字的出处吧。

这粘炒饼,不仅挟在筷上,软软的,粘粘的;吃在嘴里,其实也是软软的,粘粘的,更多一层香香甜甜的味道,与米饭饼,是完全不一样的口感,完全不一样的味道。粘炒饼的格似要高于米饭饼。

粘炒饼,在我们那一带餐桌出现,除了我刚讲的清明节、冬至之类,还有阴历七月半,及家中需要祭奠亡灵的日子,铁定是要做粘炒饼的。

先人们辞世久矣，奉上几只粘炒饼，烧点纸钱，磕几个头，作几个揖，聊表纪念之意。那粘滋滋的粘炒饼，很快便会被我们这些馋嘴猫叼在嘴巴上啰。这样的日子，没给我们这些孩子多少怀古之忧伤，反因粘炒饼的出现，给平常枯燥的日子带来了些许快乐。

当然，粘炒饼，也不尽是跟祭祀、祭奠连在一起。早先过中秋节，我们没有广式、苏式之类品种繁多的月饼，家里能准备的也只有粘炒饼。敬月光时，当然是用粘炒饼。月光映照下的粘炒饼，油滋滋的，饼香四散。我们这些馋嘴猫，便早就口水流了尺把长了，瞅着大人干别的事，不注意，两个指头一捏，一只饼子便丢进嘴里去也。此时，翘望天空中亮晃晃的凉月，咀嚼着粘滋滋、甜津津、香喷喷的粘炒饼，便对那月宫中的嫦娥仙子，心生感激。

焦 屑·圪 垯

　　焦屑和圪垯，尽管装在碗里的形态不一样，前者通常是糊状的，后者则多呈块状。然，只要对这两种食品熟悉的，都清楚，在没有变为熟食之前，它们都是一种形态：粉末状。在我们那儿，焦屑的成份是麦粉，圪垯的成份是米粉。

　　如果再往前推，做成焦屑的麦粉，从何而来？答曰：小麦炒熟之后，或者拿到石磨子上磨，抑或拿到轧粉机上轰，如此，磨出，或轰出的，便是麦粉。由麦粉稍作加工，便可炒制出香气扑鼻的焦屑。而圪垯的米粉从何而来？多为碎米积聚到一定量之后，粉碎而得。其粉碎的路径和小麦成粉的路径完全一样，可分为机器的和人工的两种。我们那里有句俗语：

　　　　六月六，
　　　　吃口焦屑养块肉。

说的是我们那一带"六月六"尝新小麦的习俗。而这一天，又被称为多个不同的节日，其中有叫天贶节的，说这一天在江苏地区，老百姓似过年一般，早晨见面要互致问候与祝福，早餐的食物，便是焦屑。至于说，"六月六"的风俗，是否和大禹出生在六月初六有关，尚需进一步考证。

焦屑，也有直接用小麦粉，自己在家里烘炒的。只不过，与上一种做法比起来，还是炒熟的小麦，或磨，或轰，之后做成的焦屑更香。这与汪曾祺先生笔下的"焦屑"，似乎不是一回事。汪先生说，"糊锅巴磨成碎末，就是焦屑。"难道这是他那个年代的产物？在兴化，好像没有人家专门用"糊锅巴"磨焦屑的。而他进而说的，"我们那里，餐餐吃米饭，顿顿有锅巴"，则让人无限羡慕矣。

说实在的，"瓜菜代"的年头，能塞饱肚皮，就谢天谢地了，哪里还会去讲究吃的什么粮食哟！可以肯定的是，"餐餐吃米饭，顿顿有锅巴"，无论如何是做不到的。至于汪老讲，"把饭铲出来，锅巴用小火烘焦，起出来"，这在生活条件好转之后，我们小时候倒是做过这样的事情。只不过，这锅巴"起出来"之后，不是汪先生所说的，"卷成一卷，存着"，而是立即"咯吱""咯吱"嚼进自己肚子里去了。家中小孩多的，一锅烘下来，每个孩子也就一小块锅巴，哪里还需要存哟？

汪先生说，"锅巴是不会坏的，不发馊，不长霉。攒够一定的数量,就用一具小石磨磨碎,放起来。"这是不是当时高邮普遍的做法,还是像汪家这样殷实人家才有的做法?在那贫困年月的兴化,如若有这样的锅巴,也是存在肚子内更不容易坏,哪里还有什么耐心等攒够一定的数量,再磨成焦屑哟!

他老人家说的,焦屑也和炒米一样,用开水冲冲,就能吃了。焦屑调匀后成糊状,有点像北方的炒面,但比炒面爽口。这些,跟兴化人所认识的焦屑的特性,又一致矣。

焦屑,确实可消闲,亦可充饥。

当年女儿上幼儿园的时候,每日里,要吃两次副餐。她自然不晓得,她爸爸像她这般大时,是无这等口福的。

那时节,乡里孩子,谈不到什么副餐。了不起,小布兜里,装些焦屑罢了。想吃了,张开袋口,舌头伸得长长的,舔食些焦屑,慢慢咀嚼。鼻上、额上、脸上,均沾了不少焦屑,白白的,弄得大花脸似的,叫大人们望见,笑道:"细猴子,上戏台,甭化妆啦!"

这情形,乡里极常见。大人笑小孩子吃焦屑模样不好看,其实,大人吃焦屑,又另一番难看的模样。大人一般不干吃,用开水泡了吃。

下田回来,饭还没好,肚子又"咕咕咕"地叫了。于是从碗柜里拿出蓝花大海碗,装上半碗焦屑,用开水冲泡。边泡,边用筷子调。调匀了,便能吃了。捧碗,到巷头上,边吃,边闲谈。

其吃法挺特别。只手捧碗,伸出长长的舌头,循着碗边舔。手腕一转,碗边转动起来，舌头趁势一舔。一圈，一圈。蓝花大海碗里的焦屑，平平整整，碗边干干净净。腕转舌舔之中，一碗焦屑便下肚了。

焦屑胀得很，半碗干的，泡一碗足足的。

等到碗空了，方才想起另一只手中还有双筷子似的。用筷子敲敲碗边，愉快地回家，接着干下几大碗干饭。这筷子，倒成了手中的摆设。

焦屑，并不为人们想象的，有滋有味。焦屑的滋味，是人为加工进去的。泡焦屑，不加油，不加糖，光泡，并不怎么可口。充饥罢了。

其实，说到焦屑，干吃比泡了吃有味。干吃焦屑，得用细糖、麻油，与焦屑相拌，焦屑拌得湿湿的，湿而不潮，吃到嘴里香甜，湿润，一点不呛喉咙。

信不？

圪垯，其主要成份是碎米（乡民们叫起来，为碎米头子），这在前面已经交代过。这碎米主要是家中碾米时的副产品。新近碾好的米，过筛之后，剩下些碎米头子，淘洗爽干，再上石磨磨，抑或用轧粉机轰，成碎米粉，晒过几个太阳，干了，装进坛子贮存起来。要做圪垯时，从坛子里剜出几大勺子，人少时抓上几把也行，取出碎米粉的量，视需做圪垯的多少而定。通常情况下，碎米粉就在瓷盆里，用水和。和的过程，便是操作者用一双筷子，在瓷盆里不停搅拌的过程。需要注意的是，碎米粉和成泥状时，不宜过稀，过稀则成了米糊糊，是另外一种食物，做不成圪垯。当然，稠了也不行，要么碎米粉还没和透，要么做的圪垯，下锅后便散掉了。

圪垯不是用手做出来的，得"剜"。我们那里人，从不说做圪垯，一开口便是剜圪垯。剜圪垯，须粥锅"透"了，水滚了，此时，用铲子进瓷盆里剜，剜时仅用铲子一角，一剜往粥锅里一丢，瓷盆里和好的碎米粉剜完了，便可盖上锅盖，复烧煮至锅"透"，再焖一焖，可盛碗矣。

喝粥吃圪垯，更感圪垯有咬嚼，有劲。粥里有几个圪垯，便不再寡了。圪垯，挺熬饥的。干力气活儿，就指望一大早上能咬上几个圪垯，一天都有劲。

这样一说，等于给吃圪垯的人定了位，家庭里干重活的男人。小孩子自然只有喝粥的份儿了（说喝粥，而不言"吃"，极有道理的。那粥，实在说来，少见米粒，多见汤，无需动筷，捧碗喝之，片刻即见碗底）。家里小孩子少的，还可能从大人那里得到个把圪垯。那真是男人从嘴边省下来的。若是小孩子多，分都分不过来，男人再想动筷子搛，女人便会用筷子一该（方言，挡的意思）："吃咯好下田，甭管他侎细猴子。"这刻儿，女人还会一脸严肃，用筷子敲敲细猴子们的粥碗，"喝粥，喝粥，喝好了，上学的上学，跟我上自留地的，跟我上自留地。""他侎"，当地方言之说，他们的意思。

男人知道，女人的严肃是装出来的。哪有父母不疼自己的孩子的吵！然，那年月，粮食实在太紧张，一日三餐薄粥打滚，日子过得苦。

187

日子苦，人还闲不得，整日整日地劳作，干的净是力气活儿。家中女人，费煞苦心，视各自的劳作情形，安排一天的饭食。男人是家中大劳力，脏、累、费力的活儿多半靠男人完成，单喝薄粥，显然不行的。于是，煮粥时，女人便在粥锅里丢上几个圪垯。这圪垯，本来就没有富余，给男人吃也只能说勉勉强强，再分开小孩子，那女人的一番苦心便白费矣。

其实，这圪垯要想吃出点滋味来，得单烧。用青菜炸汤，也就是青菜下锅后用油盐姜葱爆炒，之后放水，加进圪垯，煮。好了盛碗之后，临食用时，剜上一筷子荤油。此时的圪垯，养汤而盛，食用者咬上几口圪垯，实实在在，感觉不错。再喝口带米香、菜香、猪油香的圪垯汤，滋味还真的蛮好。这样的吃法，当然是圪垯粥不可比的。

青菜圪垯汤，在农家餐桌上出现，那是好多年之后的事了。现在城里人的宴席上，最后的主食，有时候便是这道青菜圪垯汤，蛮受欢迎的。如今，圪垯在家乡人眼里，早已不是填饱肚子的盼物了。而早先那种用碎米粉做成的圪垯，早没了踪迹，家乡人几乎忘记了那圪垯的模样。

真叫人高兴。

炒 米·麻 花

乡贤郑燮在其《板桥家书》中有一段对炒米的描述，说是"天寒冰冻时暮，穷亲戚朋友到门，先泡一大碗炒米送手中，佐以酱姜一小碟，最是暖老温贫之具"。读来让人心生温暖。这几年，老家对板桥先生的重视程度，似有升温。先生的故居周边，几年前经过较大规模的拆迁改造，其拥挤的状况得到根本性改变。只是，这一变，恐怕让他老人家有些个不太适应，他家门口多出了咖啡店之类时尚饮品店。对于名人故居的修缮保护，没有一个地方当政者不重视，然，"好心办坏事"的情形多矣。

不只是郑板桥先生家门口出了新状况，与我同宗的刘熙载先生家因"拆迁"，不仅没有像现时的多数拆迁户那样"翻身解放"，而且连自家院墙都要"借"邻居家的，方得密封起来。看后，总让人心里泛酸，不是滋味。既然劳动他老人家搬家，那多少总该给点政策，优待一下老者吧？好歹人家京城里也算是有人的，毕竟当过咸丰的帝师嘛。

相比之下，搞纯文学的寤崖子，境遇远不及兼搞书画的板桥道人。家乡的电视台，连续几年找到我这里，让借着《板桥家书》说点体会，当然根本目的，不是宣传郑先生的著作，而是宣传其亲民爱民的思想，宣传其清廉之形象。地方上曾搞过一个全国性板桥杯诗词大赛，倒是吸引了全国各地诗词爱好者参与，热闹是蛮热闹的。有用吗？另说。既言"另说"，我还是回归正题，不然，扯得有些远矣。

在我们那里，冬季，不论城里，还是乡下，"轰炒米的"均多起来。"轰炒米的"，我们那里叫喊起来多为，"轰炒米的怎么怎么"，实际上，这"轰炒米的"，既轰炒米，也炸麻花。

轰炒米、炸麻花，有挑了担子步行的，也有担子搁在小船上，划木桨的。轰炒米的担子，一头是轰炒米的机子，带煤炭炉子；一头是风箱，贴箱而放的是轰炒米用的麻布袋子。在小巷上，抑或是小河里，不时吆喝几声："轰炒米、炸麻花啦——""轰炒米、炸麻花啦——"。这些，我在长篇三部曲的第一部《香河》中有较为详细的描写。《香河》被誉为"里下河风情的全息图"，大概跟我在小说中描述了不少类似轰炒米、炸麻花这样的地方风情有关。

别听"轰炒米的"吆喝起来分得这样清楚，有轰，有炸。其实，这轰和炸，在他那里是一同完成的，不分彼此。之所以要将炒米定为

"轰",将麻花定为"炸",如果要找出一点依据的话,有可能玉米粒儿在轰炒米的机子里面,经高温加热之后,逐渐膨胀,膨胀到一定时候,便炸开了。这从玉米粒儿出炒米机子,变身为麻花,其形状多为开裂的,便可得到验证。然,细看炒米,也会发现,有的炒米也会开裂,只不过炸的程度,较麻花要弱一些。在我看来,这轰和炸的定位,恐怕还是一种习惯罢了。"轰炒米的"只管做自己的生意,哪里有多少闲工夫,去和你研究轰为什么用在炒米身上,炸为什么用在麻花身上哟!在我的印象里,"轰炒米的"多为不识字的农民,"轰"和炸的区别,还真的分不大清,做这行生意的,都一直这样叫喊,大家都跟着这样叫喊罢了。

早先,轰炒米、炸麻花蛮便宜的。"轰炒米的"吆喝声在巷口,抑或河面上响起来,问其价,答曰:"一毛五一火。"

"一火",是轰炒米、炸麻花的计量单位,也是"轰炒米的"行话。"一火",乃"轰一次"是也。通常,这"一火"能轰一斤米左右。"轰炒米的",每到一地,择好一处巷口、墙角,摆下家伙,之后,点火升炉子,轰炒米,炸麻花。

"轰炒米的",一手推风箱,一手摇炒米机,有板有眼,颇协调。风箱四周,簇满了人,排着队,或轰炒米,或炸麻花。那火炉上,大肚子的炒米机,滚动了几分钟之后,"轰炒米的"便停下,招呼一声:"听响啦!"随之,只听得"轰"的一声响起,炒米或麻花便"沙沙沙"

地倒入麻布袋中。待热气稍散,倒入自备的器皿之中。回家。

轰炒米,多用大米;炸麻花,则是玉米粒儿。经炒米机轰出的,无论炒米,还是麻花,个头均较先前膨大了许多。炒米,基本保持了原来的形体,其色白了许多;麻花,则面目全非,玉米粒全部开了花,难怪有麻花之称。其色亦由黄趋乳白。

品尝一下,炒米、麻花,一样既香且脆,不过,炒米口感更为细腻。轰时,放入一小撮糖精,那炒米、麻花,不仅香脆,且有了少许甜味,更是诱人垂涎。

炒米、麻花均怕透气。一透气,便会"嫩"掉,再无香脆之妙。炒米、麻花均需用有盖的瓷罐子贮存。罐口完气,则佳。随时想起,随时从罐中取得香脆之物。

前文所引《板桥家书》中对炒米的一段描述,汪曾祺先生读后,"觉得很亲切"。并说,"郑板桥是兴化人,我的家乡是高邮,风气相似。这样的感情,是外地人们不易领会的。"想来,若是心境不同,即便有同乡之缘,亦未必能领会为汪老所认可的,板桥先生所言说的感情。如今说到吃炒米、麻花,皆为平常消闲而已。俗语云:"炒米枕头饿煞人。"实在是道出了炒米之类的妙处:无论怎么吃,于胃无伤,不会重食。这便生出一个妙处,此物与孩童颇为相宜。一般而言,人在孩提时,多嗜零食,所谓"小馋猫"是也。其他零食,如若多吃,家中大人自然会担心不消化。而家中有炒米、麻花,则随手可抓。家长也不会严加看管的。这炒米、麻花,既消得闲,且不用为胃担心,岂不妙哉?

只不过,与板桥先生所言,"佐以酱姜一小碟"有些许不同,现时泡炒米,多半会放上几勺子糖,更为讲究者则用蜂蜜。

"佐以酱姜一小碟"者,不多见矣。

腊八粥

粥，原本属众生日常所需寻常之物，因为附着了多重文化意味、精神内涵，而变得如此风靡，传播之久，扩散之广，演绎出一场又一场关于粥的传奇，实在是令人惊叹。对于一种食品作如此包装，如此推广，依我看，可谓空前绝后是也。这真是一个值得商家去研究总结的商业案例。不错，我要说的，正是腊八粥。

腊八粥当然是时令的产物。吃腊八粥，当然是在腊月初八这一天。那么，腊月初八这一天，又为何要吃腊八粥呢？

从先秦起，腊八节就是用来祭祀祖先和神灵、祈求丰收和吉祥的。吃腊八粥的风俗，在宋代已十分风行。每逢腊八这一天，从皇城汴梁，到地方各官府；从名刹古寺，到黎民百姓家中，都要做腊八粥。试想，那是怎样的一个壮阔场景？整个大宋，几百万平方公里的疆域之内，数以万计的人们，在腊月初八这一天，都在干一件事：喝粥。那一场

关于粥的盛事，不知要上演多少故事！

明《永乐大典》记述的是吃粥的另外一个庞大群体：僧侣。"是月八日，禅家谓之腊八日，煮经糟粥以供佛饭僧。"据说，腊月初八，是佛祖悟道之日。各大寺庙除了作浴佛会，诵经，还要送"七宝五味粥与门徒"。这"七宝五味粥"，便是腊八粥，也称"佛粥"。

在吃腊八粥这个问题上，历朝之中，数清朝对皇族中人要求最为具体到位。朝廷规定，从当今皇帝开始，到皇后、皇子，都要向本朝文武大臣、侍从宫女赐送腊八粥，同时，向各寺院发放熬制腊八粥所需的米、果之类物品。雍正三年，世宗皇帝爱新觉罗·胤禛曾下令，每逢腊月初八，在雍和宫内万福阁等处，熬煮腊八粥，请喇嘛僧人前来诵经，然后将粥分给各王宫大臣，品尝食用，以度节日。皇上都做得这样认真，还怕下面官吏不奉行吗？要知道，在中国，上行下效历史久矣。

在民间，也有将腊八粥抛洒在庭院的院门、篱笆、柴垛之上的习俗，以祭祀五谷之神，祈求来年风调雨顺，五谷丰登。亲朋好友之间，也会将腊八粥拿来相互馈赠。有宋代诗人陆游诗句为证：

今朝佛粥更相馈，
反觉江村节物新。

由此看来，这腊八粥，肯定是品种繁多，不然亲友之间还赠送个什么意思吣？还真的是这样，腊八粥所配食物十分丰富，每一不同食物组合，其熬煮出来的粥，风味自然不同。据《燕京岁时记·腊八粥》记载："腊八粥者，用黄米、白米、江米、小米、菱角米、栗子、红江豆、去皮枣泥等，开水煮熟，外用染红桃仁、杏仁、瓜子、花生、榛穰、松子及白糖、红糖、琐琐葡萄，以作点染。"这从沈从文先生的散文《腊八粥》一文中，同样可以得到佐证：

初学喊爸爸的小孩子，会出门叫洋车了的大孩子，嘴巴上长了许多白胡胡的老孩子，提到腊八粥，谁不口上就立时生一种甜甜的腻腻的感觉呢。把小米，饭豆，枣，栗，白糖，花生仁儿合并拢来糊糊涂涂煮成一锅，让它在锅中叹气似的沸腾着，单看它那欢气样儿，闻闻那种香味，就够咽三口以上的唾沫了，何况是，大碗大碗地装着，大匙大匙朝口里塞灌呢！

沈先生在文中将腊八粥之配料交代得非常清楚。因为物种实在是太多了，所以沈先生认为这煮的过程，是"糊糊涂涂"煮成的。因多种食物杂合一锅，才会有"叹气似的沸腾着"这样的情形出现。沈先生的文章距今，亦已过去半个多世纪矣，然，腊八粥的做法，腊八粥的风俗，似乎没有太多的改变。

在我儿时的记忆里，一进腊月便掰指头数日子。何为？盼过年么？不。离过年尚有一段时光呢。盼腊八。一到阴历腊月初八，这一天晚上，我们那里乡下也是家家户户都煮腊八粥的。吃上用红枣、花生米、黄豆、红豆、绿豆、胡萝卜等多种食物熬煮而成的腊八粥，香喷喷，甜滋滋，颇解馋的。吃了太多的粞子饭、苋菜馅的肚子，忽然有一天能吃上像腊八粥这样的美味，难得。农家孩子，盼腊八，吃腊八，忘不了腊八，不奇怪。

知道腊八粥能"益气、生津、益脾胃、治虚寒"，是吃了好多年腊八粥以后的事了。各种风味独特，且药用价值不同的腊八粥，颇多。诸如，防脚气病的米皮糠粥，防高血压的胡萝卜粥，防心血管病的玉米粥，治胃寒腹痛的生姜粥，治失眠的莲子粥，补血小板的花生粥，补肝的枸杞粥，等等。真可谓举不胜举。

毕竟与早年间不同了，如今的孩子，不论城里的，还是乡里的，要吃腊八粥，不一定等到腊月初八了。家中各种果点皆有，说煮就煮。更方便的，煮都免了，直接到副食品商场买它一两瓶，开瓶就吃。

偶或，尝过一回，总不似儿时家中煮出的香醇。

第陆辑

民间的情感

煮干丝 / 水面·馄饨·水饺 / 豆腐干·豆腐皮儿
苋菜馉 / 三腊菜 / 香肠·香肚

煮干丝

写下这样的题目，似乎有点儿不合时适。为何也？现在做这类文章，几乎无一例外，在前面都要加一个字："大"。这"大煮干丝"似乎才够分量，够气派。可，这与我的喜好，与我的出发点，皆相左。窃以为，煮干丝，才是事物本来之面貌。"大"，无疑带有个人感情色彩。而有些"大"则显得别有用心，甚至居心叵测。经过"文革"十年者，大多有此体会。

煮干丝，在清乾隆年间有个颇雅的名号，"九丝汤"。顾名思义，就是九种食材切成丝，做成的汤。哪九种食材？火腿、竹笋、口蘑、木耳、银鱼、紫菜、蛋皮、鸡肉，这八种食材切成"八丝"，再加一丝：干丝。这不正好"九丝"也。也不绝对，讲究一些的，也有加海参丝，抑或燕窝丝的。估计寻常百姓，没有如此讲究的。海参、燕窝这类富贵之物，多为达官贵人、巨商富贾所青睐，普通百姓无福消受矣。

提及煮干丝，不论你承不承认，服不服气，当首推"扬州煮干丝"。扬州煮干丝，与镇江肴肉一样盛名天下。有晚清词人黄鼎铭的一首《望江南》词为证：

>扬州好，
>
>茶社客堪邀。
>
>加料干丝堆细缕，
>
>熟铜烟袋卧长苗，
>
>烧酒水晶肴。

词中虽没点明,但写到了扬州干丝和镇江肴肉。

而前文所言"九丝汤",正是乾隆南巡到扬州时,地方官员用来奉承皇上的一道菜品。如今早已进入寻常百姓的餐桌,为黎民百姓所享用矣。只不过,现在的煮干丝,不再繁至九丝,多以干丝、鸡丝、火腿丝,加鸡汤煨煮,讲究的再添加木耳、竹笋、青菜头之类配料。不论配料多寡,其主角仍然是干丝。因而,厨师在操作这道菜品时,对干丝的切制,是极为考究的。

有美食家美誉的汪曾祺先生曾专门为干丝著文,介绍说——

一种特制的豆腐干,较大而方,用薄刃快刀片成薄片,再切为细丝,这便是干丝。讲究一块豆腐干要片十六片,切丝细如马尾,一根不断。

汪先生寥寥数语将干丝切制之要领交代清楚,这当中点出了干丝原料之重要,"一种特制的豆腐干"。这是大有讲究的。普通豆腐干,质地偏松,密度不够。切丝时,因含水量偏高,难出精丝,再加之偶有气孔,会导致丝断。如此,普通豆腐干便不可取也,惟有特制。这种特制豆腐干,多用本地黄豆,经磨浆、点卤、压制等多道工序加工而成。因知道为制作干丝之专用,较普通豆腐干,压制要紧,密度要高,韧性要好。

接下来才能谈切功。用刀讲究的师傅,都有两把刀一大一小,一厚一薄。大刀在两处派上用场，一是削平豆腐干的边皮，二是片好豆腐干，最后切丝。小刀，即汪老文中的"薄刃快刀"，专用于片出薄片。有种说法"薄如纸，细如丝"，不免夸张，但薄到用火柴点着，这实在令人叹服。有种龙须面，丝细可燃。那还好说，面食可燃性是有的。然这豆制品，加工之后可燃，实难。然对自身要求高的厨师，确实做到了这一点。这样用刀精的师傅，片豆腐干时，其刀在手中欢快的行走，动作迅疾，层层翻飞，不作丝毫停顿。瞬间换上大刀，只听得案板"笃笃笃"响个不停，不见刀的移动。不一会儿，一方大而方的豆腐干，变成了一堆豆腐丝，呈现在案板之上。细嗅一口，干丝中还飘浮着一缕淡淡的豆香呢。这里有个细节，汪老文中言及，"一块豆腐干要片十六片"，应该说很不易也。然，这"十六片"，尚未达到我们地方上出台的干丝制作相关标准呢！在我们地方上，若标以"××干丝"之名，一块豆腐干则需片出"二十片"，比汪老所说的"十六片"多出了四片。这样看来，"二十片"倒成了基本要求。在我们这些外行看来，"难于上青天"的事情，到了业精于勤的师傅们手中，则易如反掌也。事实还正是如此，因为更精到的厨师，可片出"三十六片"，那一只豆腐干，被他把玩于股掌之中，真的是游刃有余。

至此，到了煮干丝"煮"的这道工序。煮，讲究用高汤。多半用鸡汤，且为去油后的头道清汤。如今养殖业发展颇快，规模化养殖，颗粒饲料喂养，这样养殖出来的鸡终不及当地散养的土鸡。汪曾祺先生在谈及煮干丝的汤时,这样说,"煮干丝则不妨浓厚。但也不能搁螃蟹、蛤蜊、海蛎子、蛏,那样就是喧宾夺主,吃不出干丝的味了。"这是很有见地的行家之言。这与高汤的要求是吻合的,但汪老也给出了高汤的底线,并不是所有起鲜的东西都能入汤。如若弄得连一点干丝味都没有了,那还能叫煮干丝吗?有朋友说,因这煮干丝需要"大汤"煮制,故而称作"大煮干丝"。这说法,显然是走的老相声艺术家马三立的路子:"逗你玩"。

汪文在最后又强调了一次,"煮干丝不厌浓厚"。足见汪先生对汤的重视。然,汪先生没有讲,"煮干丝",为什么"不厌浓厚"?其实,这跟干丝是豆制品有关。这豆制品自身味薄得很,且宜吸油脂,不惧油腻,汤汁浓厚则味高,汤汁稀薄则味寡。

与煮干丝同出一门的,还有一道烫干丝。

如果煮干丝可以看作干丝的豪华版、升级版,那么这烫干丝,似乎可以视为简装版、基本版。我这样说,并不等于这烫干丝,没有一点技术含量。非也。

顾名思义,烫干丝,烫干丝,第一讲究,就是个"烫"字。虽然说,无论煮干丝,还是烫干丝,都要烫过三次,但两者还是有差别的。烫干丝,在提碱过后要收水,否则干丝吃着会有水腥气。有水腥气,食用者的味觉便一下子破坏掉了。原有的"五味"荡然无存也。

这在煮干丝,矛盾就不会如此尖锐。毕竟煮干丝最后一道是高汤煮制，收水自然没有烫干丝来得重要。两者一样重要的是提碱，均讲究时间控制，以干丝呈软滑之状为佳，时间短不得，也长不得。

而收水，对烫干丝来说，是在提碱之后，装盘之前。滗去碱水的干丝，最后一道"烫"在老师傅那里，讲究的是一气呵成。老师傅一手执开水壶，一手给加入生姜丝的干丝收水，那滚水透过老师傅的手指，冲烫干丝，老师傅边烫边收，最终将这盘烫干丝收成一个馒头状。

这时，烫干丝另一讲究便来了，那就是卤汁。这卤汁，看上去色泽有如老抽，呈酱红色。如果你真的以为是老抽，那就错也。这卤汁，是选用几种品牌的酱油，加入香叶、桂皮、八角、胡萝卜、芹菜、香菇等原料用小火熬制而成。烫干丝在烫、收完成之后，临上餐桌之前，最后一道工序，便是洒上芫荽、海米、花生米、肴肉丝之类配料，浇上热乎、粘稠、香甜的卤汁。

细心的师傅会将这份烫干丝置于洁白的瓷具之中，送给客人品尝之前，配上几丝红椒、几丝绿蒜，和之前嫩黄的生姜丝，乳白的干丝，酱红的卤汁，构成五色，与烫干丝所蕴藏的咸、甜、鲜、香、辣五味相呼应。

如此一盘烫干丝送到你面前，你说，你能忍心拒绝吗？

水 面·馄 饨·水 饺

水面、馄饨和水饺，皆为三种面食。以水面历史最为悠久。馄饨和水饺，是后来从水面演变而来，而这两者当中，又以馄饨变化多端。

"冬至馄饨夏至面"，这一习俗，几乎遍及华夏。冬至这一天，白天最短，黑夜最长。过冬至，则白天渐长，黑夜渐短。民间有大冬大似年之说，意为冬至这一天，在全年的位置仅次于春节。清代一位叫潘荣陛的北京人，在他的一部记述北京风物志的专著《帝京岁时纪胜》中这样说："预日为冬夜，祀祖羹饭之外，以细肉馅包角儿奉献。谚所谓'冬至馄饨夏至面'之遗意也。"冬至这一天，有贺冬、祭祀、迎神、辟邪等礼仪。

而夏至，这一天白天最长，黑夜最短。过了这一天，白天渐短，黑夜渐长。《帝京岁时纪胜》中亦有记载："是日，家家俱食冷淘面，即俗说过水面是也。"时至今日，盛夏时节，我们还是会在面馆里，抑或在家中自己动手，吃上一碗凉拌面。

这面，往往连着一词，"长寿"。给家中长辈、亲朋好友祝寿，一定会吃一碗长寿面。为何称长寿面哉？有两解：一曰，缘于"人中"之说。古人认为，人之寿命长短，与人中长短有关，由面相之"面"，引申至食物也；二曰，源于外形。面条瘦长之外形，与人言"长寿"谐音，遂由"长瘦"而至"长寿"也。我现在工作的城市，有一习俗颇好，祝寿之日，所有宾朋均要为寿星添寿，从自己的面碗中，挑出一根最长者，奉献给寿星。若所奉面条不够长，则显得诚意不够。有意思。尽管我的老家没有这样的习俗，然，我倒是坚持将这一习俗引入我们"四世同堂"的大家庭中。添寿，小小举动，易行，让人心生温暖，何乐而不为？

面条，虽为一小小面食，其蕴涵之丰富，变化之无穷，真令人叹为观止。我所写"水面"，乃民间习惯说法也，也是道出了面条之来路。我们通常所说的面条，皆由面粉和水加工而成。故有水面之说。水面，凉晒干制，可成挂面，我们那一带称"筒儿面"，长尺余，干制用纸包卷而成，与现在流行的各种方便面相比，极简便。

面条，其加工之法不同，形成种类亦不相同。与之相适应的烹制方式，亦有不同。在我仅有的印象里，几乎每到一地，都有一款属于当地的特色面点。和好的面粉，或压、擀、押，或搓、拉、捏，之后制作成形，或窄或宽，或扁或圆，或长条或片状，最后经煮、炒、烩、炸而成的一种面食。花式品种甚是繁多，叫人眼花缭乱，有点儿刘姥姥进了大观园的感觉，不知如何选择。譬如，山西的刀削面、北京的炸酱面、兰州拉面、东北的冷面、上海的阳春面、广东的云吞面、四川的担担面、扬州炒面、岐山臊子面，凡此等等，不一而足。

我对山西的刀削面和兰州拉面印象不错，看看它们的制作加工过程，就挺新奇。你看做刀削面的师傅，捧着个大大的面团子，手执刀片，快速削取，面叶似落叶般纷纷落入沸锅之中，如若师傅炫技，则手中速度加倍，此时的面叶更似落网的鱼儿，接连不断跃入汤中。与削面的快疾有所不同，兰州拉面，则讲究抻拉的过程展示，原本极普通的面团，在面点师傅手里，双手一拉，一晃，便抻开了。之后，从中折叠，再抻拉，长度几乎等同手臂矣。此时，技艺欠缺者，往往会取谨慎态度，小心拉抻，面条宽细适度时便可入锅。有一种花式拉面，表演者边拉抻面团，边行走于食客中间，以便人们观赏。在夸张的身体翻转之中，面条渐渐延展，长如绳索一般，足够师傅跨跳过来。这哪里是在制作面条，分明是表演杂技也。

当然，这兰州拉面"中华第一面"的美誉，也不是虚妄的。其"汤镜者清，肉烂者香，面细者精"的独特风味，的确令人垂涎。这里的肉，当然指牛肉。所以，人们讲兰州拉面，讲全了应为兰州牛肉拉面。其配料多有熟牛肉、牛油、芫荽、蒜苗、白萝卜、红辣椒，要注意的是，面汤应为之前炖牛肉的清汤。如此，又呈现"一清"：汤清；"二白"：

白萝卜片；"三红"：红辣椒，或辣椒油；"四绿"：芫荽、蒜苗绿；"五黄"：拉面黄亮原色。

山西刀削面，其面叶，中厚边薄，棱锋分明，形似柳叶；烹制成面之后，入口外滑内筋，软而不粘，越嚼越香。这刀削面的浇头，我知道的就有，番茄酱、肉炸酱、卤鸡蛋、羊肉清汤等等，配上应景时蔬，如黄瓜丝、韭菜末、青蒜末、绿豆芽之类，再滴上点儿山西老陈醋，别有一番风味。

我起初对久负盛名的北京炸酱面，印象不太好。有几年，我在媒体工作，和央视多次合作，跑北京频繁，经常和同事以北京炸酱面打发一天之饮食。这一面点的独到之处，是最后一道工序在食客手中完成。且这最后的工序，直接决定炸酱面的口感。没有老北京的生活体验，吃北京炸酱面，浇卤这一关总过不了。既浪费了店里原料，又破坏了我的味蕾。几经反复，终于掌握分寸，北京炸酱面淳厚的酱香味出来也。真是委屈了这道北京著名面点，实在是我的问题。

常言说，一方水土养一方人。我们这一带，喜欢的大多还是阳春面。这阳春面，有红汤和白汤之分。至今记得老家县城里的"品香二两面"，那是白汤汁的阳春面。现时面馆卖面论碗，而早先都是按分量定价的。一两是一两的价格，二两是二两的价格。你要三两也行，加价即可。这"品香"店下面的小师傅，手艺着实精到。灶台上一二十只碗排着，他看碗抓面，入锅前称试，不多不少，每碗二两。面条下锅之后，师傅会给每只碗装入荤油、味精、细盐、小胡椒、蒜花儿之类适量佐料；面条起锅前片刻，再兑入乳白的骨头汤，至小半碗，然后，让面条养汤而入。

这阳春面，讲究的是面条的筋骨。煮面时间长短、炉火大小，均要掌控好。否则，非硬即烂，达不到阳春面应有的品质。"品香"店的师傅，用滚水下面，片刻，即用两根尺把长的面筷在锅里划动，面条不致结成团儿；划动几个来回后，便兑入冷开水，让面条稍养片刻后，即开始装碗，但见小师傅一手持面笊，一手挥动面筷，往面笊里划进两三下，再往外划两三下之后，甩一甩面笊，不让面汤滴进碗里（如此味则纯矣），再轻捷地将面装进碗中，此刻面条似梳理过的，齐刷刷，清爽得很。全套过程的动作，干净、利索。青青的蒜花儿漾于乳白的骨头汤之上，很是悦目。尝一尝汤汁，其鲜美自不必说。最是那阳春面，挺而不硬，软而不烂，正到火候。

在我们那里也有面和馄饨一起下的，谓之"饺面"，其实跟现在的饺子无关。之所以叫"饺面"，大概延用了古老称呼。在很久以前，馄饨和饺子是不分的。古人认为馄饨没有七窍，称之为"浑沌"，改成现在的字样，是后来的事情。馄饨，又有"云吞""抄手"等诸多别称。就云吞和抄手而言，前者从音出，后者从形出。

与馄饨这一路发展下来热闹非凡的阵势相比，水饺的境况似乎略显冷静。这也难怪，当初它被医圣张仲景发明出来唤作"饺耳"时，是用来治疗冻烂之耳的一味药物，跟一开始就流入民间广为传播的一道美食比起来，当然会不一样啰。说起来，馄饨和水饺都为面皮包裹肉馅之类，然，馄饨皮儿薄，包起馅儿来，易变化，且最后呈现的姿态，以柔取胜，似一风情万种的少妇；而水饺皮要厚得多，包馅儿不能随意，只能捏边，最后呈扁平状，因而有地方又叫"扁食"。其模样，较馄饨要呆板得多，有点"呆二小"的味道，咬一口，实实在在。不似馄饨那么滑溜、绵软。

馄饨这样的口感，似乎更适宜像梁实秋先生这样的文人雅士。他在《雅舍谈吃》中写到了煎馄饨，蛮少见。其叙述如下：

我最激赏的是致美斋的煎馄饨，每个馄饨都包得非常俏式，薄薄的皮子挺拔舒翘，像是天主教修女的白布帽子。入油锅慢火生炸，炸黄之后再上小型蒸屉猛蒸片刻，立即带屉上桌。馄饨皮软而微韧，有异趣。

豆腐干·豆腐皮儿

这豆腐干和豆腐皮儿，均为豆腐制作过程中的副产。

豆腐干，从其名便可知，乃豆腐压榨脱水所得。豆浆点卤之后，装箱，用长木杠，人工压制，榨出其中的水分。这压榨度的把握，可以分别制成豆腐、豆腐干和百页。现在有专业设备压榨，控制更方便。制豆腐，将豆浆点卤后的絮状物，舀进箱体进行适度压榨，使豆腐中含一定量的水，如此，可保持豆腐鲜嫩品质。制豆腐干，则在箱体中加垫粗布，与絮状物一层夹一层，累积至箱满，复盖加力压榨脱水，使食体凝结固化，"干"形尽现。而百页的压榨，则是粗布夹层中絮状物，仅添加薄薄一层，加力脱水，亦成纸页之形。而豆腐皮儿就不一样了，它是置于豆腐、豆腐干和百页之前的优先产品。豆腐皮儿，直接从浆锅中挑出，当然无需压榨。明代李时珍《本草纲目》云：

豆腐之法，始于汉淮南王刘安。凡黑豆、黄豆及白豆、泥豆、豌豆、绿豆之类皆可为之。造法：水浸硙碎，滤去滓，煎成，以盐卤汁或山矾汁、或酸浆醋淀，就釜收之。又有入缸内，以石膏末收者。大抵得苦、咸、酸、辛之物，皆可收敛耳。其面上凝结者，揭取晾干，名豆腐皮。

豆腐干和豆腐皮儿，虽同出一宗，但豆腐皮儿产于豆浆点卤之前，而豆腐、豆腐干和百页则产于豆浆点卤之后。这一前一后，让豆腐皮儿的质感、品位，较豆腐、豆腐干和百页自然更胜一筹。这也就决定了它们在食品制作路上的不同走向，不同定位。不由得让我想起，龙生九子，命运却各不相同。在豆腐王国，同样得到体现。

正如人们所熟知的，豆腐干离开压榨箱之后，便走上了街头巷口。每当夕阳西下，无论是蹲机关的机关干部，还是拼体力劳作一天的装卸工，均下班矣。原本就拥挤的马路、巷道，越发拥挤起来。早先尚无"塞车"之说，那时汽车还是稀有之交通工具，人们多以自行车代步，现在则不一样矣，满眼的车，街道上，马路边，小区内，停得一辆挨着一辆，真的到了车满为患的地步。因此上，塞车，不再是北、上、广这样一线城市的专利矣，我们老家小县城，一样塞。县城人又区别于北、上、广，平时自由度高惯了，一旦塞车，他们会加塞，于是，塞它个水泄不通，一动不动，直至交通瘫痪。让人怀念早先自行车绿色出行的年代。

那时的傍晚，人们下班也行色匆匆，那是赶路，有时是为赶到某个小吃点买上一两样地方小食，晚上好美滋滋地扳上几盅。晚了，想要的下酒菜，就有可能脱货。做这样小买卖的，也懂得"饥饿营销"，每天只会紧缺，不会滞销。这里的"扳"，当地方言，喝酒的一种动作，举杯而至仰头，酒入口中，这样的过程叫"扳"。此时的巷道口、马路旁，做晚市的多起来，卖熏烧、卖烂芽豆、卖花生米，也有卖豆腐干的。

卖豆腐干，一只炭炉子，一只锅，一个箩或盆，一张小杌子。锅自然安在炉上，配了半锅汤汁或油料。锅上有个铁架子，煮、炸好的豆腐干，置于铁架上，爽、凉、卖。箩或盆则用来装白豆腐干坯子。小杌子，供卖豆腐干的自己坐。

这种买卖，无需吆喝。豆腐干特有的香味，飘散开来，诱得人主动上前问价、购买。卖豆腐干，边炸、煮，边卖出，趁热。食客多半一买就走，现场无须提供食用桌椅。即使有人买了现吃，也是边走边吞食，顾不上吃相雅不雅也。豆腐干本就走的底层一路，适合的人群，是鲁迅先生笔下的"短衣帮"而非"穿长衫"者。

豆腐干，有油炸的，也有汤煮的。

油炸豆腐干，脆，且香。只是在油锅里时辰要掌控好，适宜为佳。豆腐干在油锅内炸的时间过长，则老了，焦了；过短，则不透，还是一块软干子。这豆腐干炸老了，甚至焦了，味就变了，咀嚼起来似有渣滓，再加上一股焦苦之味，难以下咽。不透，则豆腐干味道不入骨，该进去的味道没有进得去，该出来的味道没有出得来。这样的豆腐干，吃起来"王观"味。前面已经向读者诸君介绍过，这豆腐干，黄豆磨成豆浆制成。乡里人称黄豆为"王豆"。"王观"味，便是黄豆磨成豆浆所特有的味道，似腥非腥，不太好闻。如此，豆腐干的口味便差了。

城里人颇讲究，饮食得卫生。油炸豆腐干的好处，一目了然，看上去很是干净。又经油炸了，城里人很放心。其实，如果油的关把持不好，油炸食品很容易出问题，不只是豆腐干。前几年，"地沟油"事件闹得不是挺凶的吗！

汤煮的比油炸的有味。汤煮豆腐干，又配了黄豆芽之类起鲜食材，食用时浇上点水大椒，辣辣的，香香的，味道鲜得很。如若再另外加入陈苋菜馘汤，老远便能闻到一股异味，虽不怎么好闻，然，唯这汤入得豆腐干，吃起来才有异香，下酒下饭。正是乡民们常挂在嘴边的那句话："生臭熟香。"说的就这样的吃食。由此，煮豆腐干，派生出另外一个支脉：煮臭干。

煮臭干，尤为进城打工的，在工程队上做手艺的，还有就是蹬三轮的，拉板车的，这类人群所喜欢。在我的印象里，临晚时分，那些城郊结合部的工棚里，三五成群的农民工，劳作了一天，扳上"二两五"（小瓶装酒），解解乏，晚上喝点酒好睡觉，免得惹是生非。这时的下酒菜，便是熏烧、烂芽豆、煮臭干。

想不到的是，煮臭干，不仅这群"短衣帮"喜欢，城里在机关上班的"长衫先生"也喜欢。这苋菜馅，本身倒无甚特别，一"陈"之后，其汤竟生出如此妙处来，真奇啦。

对于普通居民而言，晚市上有卖豆腐干之类，家中便当了许多。偶或有不速之客登门，天色已晚，菜市场早没了人影，有钱也买不到东西，现做难矣。无妨，上得巷头，寻得自家的老卖主，买上几样下酒菜，花钱有限，便可待客。这当中，煮臭干，少不得。

豆腐干，寻常人家的常客。

与豆腐干走向不同的，豆腐皮儿极少进地摊。多在菜市场、超市里销售。这两者至此差别就显现出来了，豆腐干变成了风味小吃。豆腐皮儿，成了进菜市场、进超市销售的食品。

不知豆腐习性者，对豆腐皮儿从何而来，有些百思不得其解。心想，豆腐嫩嫩的，用手去拿时就需技巧，得养水托起。稍不注意整块豆腐便会弄碎。要说如此细嫩的东西，尚有什么皮儿，怎么可能？

然，我们当地人，都会说有豆腐皮儿。眼见为实，不妨到菜市场、超市逛一逛。清晨的菜市场，夜晚的超市，均熙熙攘攘，人"搂搂"的，热闹着呢。砌好的摊位，一排一排，按类而分，家禽，肉类，水产，蛋品，蔬菜等等，各在相应区域，同类相聚，明码标价，货主就得比货，比服务，生意才做得开。否则，同一品种，卖的摊位多着呢，哪个也不会在一棵树上吊死。

说那蔬菜、瓜果吧，红红的蕃茄，青青的黄瓜，白白的萝卜，绿绿的菜椒，紫紫的茄子，一行一行的，一眼过去，几十家呢。还有水产类，长长的黄鳝，扁扁的扁鱼，短短的泥鳅，圆圆的甲鱼，白的链鱼，红的鲤鱼，花的鳜鱼，乌的黑鱼，凡此等等，皆养在水池，活蹦乱跳，听凭挑选。这当中，稍一留心，自然会发觉卖豆腐皮儿的不在少数。不一定是统一的器皿，然豆腐皮儿一律薄薄的，干干的，脆脆的，有散称的，有一扎一扎选定好的，拿一扎，付一扎的钱，拿了就走，颇省事的。

豆腐皮儿，前面已经有所介绍。实在说来，它并不是豆腐的皮儿。黄豆制成豆腐之后，皮儿就无从谈起矣。读者诸君已经知道，豆腐皮儿，是豆浆点卤前的产物。豆腐皮儿，纯粹一锅浆的油汁，以每锅仅挑一张为宜。如偌多挑，其皮儿就薄得上不了竹筷，且剩下的浆，再想点卤做豆腐，那就没有多少人肯买了。在行的自然晓得，挑过皮儿之后，制成的豆腐，做菜的味儿差多了。皮儿挑得过多，其所做豆腐便泛渣矣。

如此，豆腐皮儿在市场上贵起来，紧张起来，也就无须多说了。

豆腐皮儿出生门弟本来就不低，加之厨师之手，或用鸡汤单烧，素而不寡，其鲜无比；或切成细丝制成凉拌菜，清凉爽口，别有风味；或用以包裹各式馅儿，红烧，油炸，皆有其独道口味。

多少年过去了，我至今还记得那年在外地读书回家过春节，母亲做的一碗青菜头白烧豆腐皮儿。那碗青菜头白烧豆腐皮儿，青青白白，赏心悦目，豆腐皮儿和青菜头，都味鲜无比，让我不能停箸。

那馋相，让母亲好开心哦。

苋菜馉

"生臭熟香"一词，似乎天生就是为苋菜馉准备的。只要是对苋菜馉这一特别的食材有认知的，几乎会脱口而出："生臭熟香。"如若有人提及"生臭熟香"一词时，味蕾所调动的记忆，滋生出来的，便是咀嚼苋菜馉的美好。这样的搭配，又可生出另外一词，"相得益彰"。所有这一切，都是现时的孩子，很难体会和理解的。

家乡一带的苋菜，有红苋菜和白苋菜两种。红苋菜，不是通常的红，其叶，其茎，均呈紫红。食用红苋菜做成的菜也好，汤也好，那种鲜、艳，极其醒目，如若你有幸食得一碗白米饭，那碗里的饭米粒儿，顿时鲜红起来。没有条件盛一碗白米饭也不要紧，盛饭碗具选用白瓷的，那汤汁挂壁定然一样鲜、艳。如今喝红酒者日众，很多讲究"挂壁"，是另外一回事。不多赘述。

白苋菜，其实也不是名副其实的"白"，只是较红苋菜而言，可称得上无色，故以"白"冠其名。白苋菜，其叶和茎通常为青绿色，嫩的白苋菜，和红苋菜一样，可以掐取其叶，断取其茎，入菜。常见的有苋菜豆瓣汤、青蚕豆烧苋菜之类，家常菜罢了，没有什么特别的。苋菜也好，蚕豆也罢，本身并不具备调味功效，做出的菜，是否鲜味，仅靠原有食材是不够的。这类家常菜，调味几乎无一例外选择外加。只要翻过《红楼梦》都会对一道"茄鲞"赞不绝口。原著中，曹雪芹借王熙凤之口，这样介绍的——

这也不难。你把才下来的茄子把皮签了，只要净肉，切成碎钉子，用鸡油炸了，再用鸡脯子肉并香菌，新笋，蘑菇，五香腐干，各色干果子，俱切成丁子，用鸡汤煨干，将香油一收，外加糟油一拌，盛在瓷罐子里封严，要吃时拿出来，用炒的鸡瓜一拌就是。

寻常人家自然不比贾府。然，就是现在说到的苋菜，作同样处理，无论是烧汤，还是做菜，在我的印象里，都是红苋菜更味鲜可口。这当中，那鲜且艳的红色，给味蕾的刺激看来是不小的。难怪人们对菜品，讲究色、香、味、形,有道理。

这红苋菜和白苋菜相较,似乎红苋菜轻易占居了上风。然,我们将它俩的生长期放长一点,让它俩长出粗壮的茎杆之后,便可成为制作苋菜馏的食材。这时,白苋菜会因为其茎杆粗,肉质多且嫩,而实现逆转。

腌制苋菜馏时,须弃叶,取其茎杆,切段,来完成腌制前的原材料准备。这一红一白,两种苋菜,其茎杆,红者细,少肉多筋;白者粗,肉多且嫩。如此,乡民们腌制苋菜馏,多选择白苋菜茎杆,而不是红苋菜茎杆。当然,红苋菜茎杆也不是不能腌苋菜馏,在我的印象里,是一样腌的。只不过,平时选择时,多取红苋菜做菜,不让其生长太老。而白苋菜,则有意多让其生长,以便日后腌苋菜馏之需。

要想腌制出一款风味独特的,所谓"生臭熟香"的苋菜馏来,其中的奥妙在于要有"老卤"。这老卤,便是陈年苋菜馏汁。只要是保管妥善,那卤汁,自然是愈陈愈好,愈陈味愈足,渗透力愈强。有这方面生活常识的都知道,老苋菜馏不好吃,在坛子里浸泡时间一长,便空掉了,咀嚼起来只有渣滓,没有肉,只能尝其味。然,这老苋菜馏的卤汁,就大不同矣。有如做面点之酵母,作用大了。新腌制的苋菜馏,炖熟之后,口味更醇,更香。吃饭,喝粥,苋菜馏都挺下饭的。嫩苋菜馏,可以整段儿咽到肚里去,不妨事。农家孩子颇喜欢。大人们则多半爱挟上几段老苋菜馏,堆到蓝花大海上,扒两口粞子饭,嚼一段苋菜馏,腮帮子一鼓一鼓的，越嚼越有滋味。再扒饭，再嚼。之后，吮其汁，吐出渣。那模样，比吃山珍海味都过瘾。这场景，我在长篇小说《香河》里有过较为详细的描写，读者诸君亦可参阅。

那"瓜菜代"的年月，农家饭桌上，常以青菜为主食，不少健壮的汉子，耐劳的农妇，均得了"青紫症"，对绿色食物产生了厌恶感，怕吃青菜，亦怕青菜腌成的"咸"。因而，饭桌上，一见那红叶、红茎的苋菜，自然有了味口。此时餐桌上，多一份"生臭熟香"的苋菜馅，那必然会让乡民们胃口大开。事实上，这老陈卤腌制的苋菜馅，确能开胃，增进人的食欲。不过，现在的餐桌上，不见苋菜馅已有好多年矣。

后来发现，这苋菜馅，并没有完全消失。夜晚，你我生活的城市里，说不定那条街巷不显眼的地方，就有个小摊位上，有人在卖油炸臭豆腐干子呢，远远的，那片街角，便弥漫在苋菜馅奇异的香味之中……那习惯了夜生活的夜猫子们，或塑料袋装，或竹签串，男男女女，叽叽喳喳，边走边咬嚼臭干子，全然一副快活样儿，也不在乎吃相有多丑矣。这种直呼其名的臭干子，被这些80后、90后、00后，叼在嘴上，在城里畅销起来，倒是令我们这些年过半百之人颇感意外。

无论他们对用苋菜馅汁炸出的臭干多么青睐，他们也很难理解父辈祖辈们对苋菜馅所怀有的那份情感。苋菜馅的"生臭熟香"，留在我们这一代以及我们上一代人脑海里的，实际上是一段岁月的记忆。

三腊菜

一九二九不出手；

三九四九冰上走；

五九六九沿河望柳；

七九开河，八九雁来；

九九加一九，

耕牛遍地走。

这首《九九歌》，在我们小的时候，那可谓是耳熟能详。尤其是到了"数九"时节，踩着河面上的冰冻，吟着这《九九歌》，蹦蹦跳跳奔向学校。那时节，真冷。一步一脚地走，那还不冻死人噢。

我刚读小学一年级时，还是读的本村的村小（乡村年级不完全小学，叫村小。一般没有小学高年级课程）。从家里到学校，出门不远便是

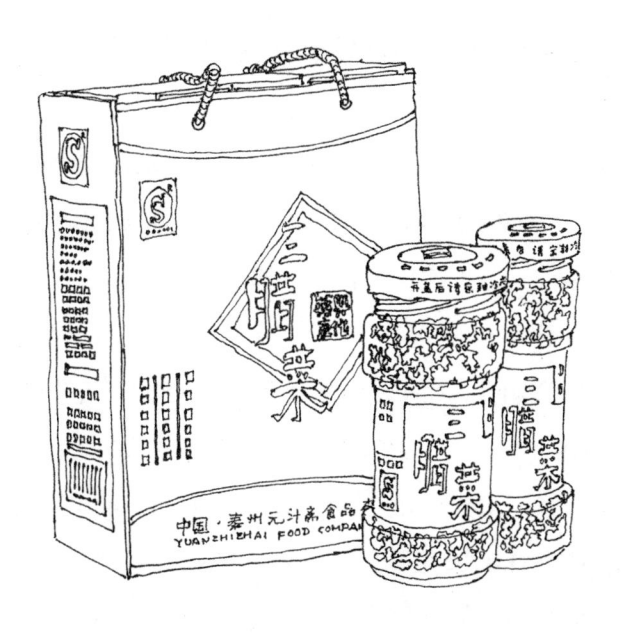

一条大河，在我的笔下，我叫她"香河"。夏天，香河是我们乡里孩子的水上乐园；冬天，却成了我们上学路上的"拦路虎"。为何？那时，没有桥，冬天的香河上只有渡船，无人摆渡的那种。要过河，只有自己拉渡船两端的渡绳。入冬水冷，小伙伴们谁也不愿意一大早就去拉湿漉漉、冷冰冰的渡绳，反而盼望天更快地冷起来。又为何？进入"数九"天，香河便结冰矣。所以，"三九四九冰上走"，我们这些孩子是有发言权的。每天都走着呢！

这样的时节，乡村的景象是肃杀的。然，就在我们经过的香河圩岸、堤埂之上，不经意间就会发现，有开着小黄花的麻菜，一簇簇，一簇簇，顶着寒风，顽强地生长着。那深绿的菜叶儿，金黄的小花，在一片枯萎中，特别显眼，给人些许亮色。

这野生麻菜，便是上好的三腊菜原料也。麻菜，属芥菜类蔬菜。李时珍在《本草纲目》中记载道："芥，性辛热而散，故能通肺开胃，利气豁痰。"这种麻菜多为野生，生命力颇为旺盛。在我们那里，是没有成片成片种植。家乡田埂上，岸圩边，荒野外，时常有之。有着绿叶黄花的麻菜，风风火火的生长着，经风历雨，花开籽落，繁衍生息，绵延不绝，好不旺盛。麻菜的采撷，多在入冬以后。我们这些孩子放学之后，春天要出门挑猪草，冬天便到野外挑麻菜。和挑猪草不同，挑这种野麻菜，菜根千万不能丢弃，不能随意切断。得注意留着，有大作用呢。挑回来的麻菜，经大人的手，一棵一棵收拾停当，之后，扎成一串一串的，悬于房屋朝北的檐下，风干半月左右，便可进行三腊菜的加工。其程序如下：

首先，切碎。将风干的麻菜，切成细碎的半颗粒状。处理麻菜根时，不可采用"一刀切"之办法，断除其根。应区别对待，绝大多数麻菜根，只需略加切削即可留用。之后，用刀细切，碎且匀，方妥。"一刀切"和"切一刀"为不少地方当政者所推崇，看似简便易行，实则容易过于简单化，难以将事情处理到位。这麻菜根，挑的时候就关照过家里的孩子，此时一概剔除，可惜矣。

再则，火燠（方言，读音如"育"）。这是一道蒸干程序。半颗粒状的麻菜，放进普通铁锅之中，用文火，慢慢煨。何时出锅？这不能绝对依时间来定，主要是看麻菜的色泽。我们平常说的，半生不熟，此时，可用这一词儿来衡量。麻菜没完熟，尚且半生，便可出锅。这火候把握尤为关键，直接影响以后三腊菜食用效果。注意，这麻菜千万不能全熟，全熟则颜色烂黄，麻味失尽。这时，可用手测试，以不烫手为宜。说明火候正好。

第三，配料。主要有萝卜干细丁、熟素油、细末花椒盐。这里的萝卜干细丁，是弥补麻菜根部被切除之不足，增加三腊菜食用时的口感，所谓"咯嘣脆"是也。将配料与麻菜进行均匀搅拌，等待下一道工序。

最后，装瓶。装瓶前，先散热，不至闷黄麻菜。闷黄的麻菜，也就变相增加了熟的程度，如此，食用时"通泰感"便差矣。注意用来装的瓶儿不宜大，以扬州酱菜瓶为最佳。装瓶时，要压紧，密封，而不使其原味走散。其后两周，即可食用。

新近上市的三腊菜，呈青绿色，既鲜且嫩，可醒酒，解腻，通肺，开胃。食用时偶或，有股辣气穿鼻而出，不觉眼中盈盈，口中丝丝（皆辣所至也），然胸中浊气顿释，倍感舒爽，通泰。岂不妙哉？

据说，家乡大文豪施耐庵，在著述《水浒传》时，曾深入民间采风，到达兴化安丰一带，就曾品尝过当地的三腊菜。没有考证过，不过，施公的巨著中倒是弥漫着一股冲天豪气，这跟三腊菜的品性还真相像呢。在安丰还流传着一则民谣：

安丰有三怪：

豆腐当头菜，

红烧鱼不动筷，

家家有个三腊菜。

这安丰又是三腊菜的正宗原产地，想来施耐庵先生到这带采风，食用过三腊菜，应该是极有可能的。三腊菜，因多半在"三九"时加工，故谓之："三腊菜"。袁枚在《随园食单》中，对芥菜的制作，介绍了四则，不妨与三腊菜的做法相参照。

香干菜

春芥心风干，取梗淡腌，晒干，加酒、加糖、加秋油，拌后再加蒸之，风干入瓶。

冬芥

冬芥名雪里红。一法：整腌，以淡为佳；一法：取心风干，斩碎，腌入瓶中，熟后杂鱼羹中，极鲜。或用醋煨，入锅中作辣菜亦可，煮鳗、煮鲫鱼最佳。

春芥

取芥心风干，斩碎，腌熟入瓶，号称"挪菜"。

芥头

芥根切片，入菜同腌，食之甚脆。或整腌晒干作脯，食之尤妙。

香肠·香肚

在我们老家一带的饮食搭配中，一提到香肠，几乎无一例外会跟着另外一种食品：变蛋。我们都是有这样的体验的，两片香肠夹一块变蛋，咬在嘴里，变蛋的软滑与香肠脆韧交融在一起，口中咀嚼的质感变得多重，不像单吃香肠，抑或单吃变蛋，口感单一。此外，香肠的香和变蛋的香，融合在一起，滋生出多重香味，淳厚饱满。这似乎诱人去思考和发现，食物中所不为人知的一切。

变蛋，也叫松花蛋。质量上乘的松花蛋，玲珑剔透，看得见蛋体中的松花图案，精妙得很。香肠，是用猪小肠，抑或猪大肠灌制而成。

根据灌制肉馅的口味不同，分川式肠和广式肠，前者味辣，后者味甜。而我们这一带的香肠，既不是纯粹的辣，也不是纯粹的甜。在我的味觉里，是咸香肠。这种咸，不是纯粹的苦咸，是咸中带香，咸中起鲜。似乎比川式和广式，更适合我们的味蕾。

早几年在我家，父母亲每年都要自己动手灌些香肠的。一来，过年时家里来亲戚时好用。二来，给我过了年离家时好带些走。虽说那时候条件艰苦，物资匮乏，但每年的春节，整个大家族，整个亲友圈，都是要走亲戚走一遍的。在我的印象里，家里请客，总是要分几个批次的：门上同宗的长辈、平辈、晚辈，为一批；亲戚当中，父亲这方面，有姑父、姑姑、表兄妹们，又一批；母亲这方面，有外婆、舅舅舅妈、姨娘姨丈，当然也有表兄妹们，等等，再一批。总之，一支庞大的亲友团，尽量面面俱到。偶有疏漏，那就得打招呼。这客，可不是那么好请的。

父母亲总是要动煞脑筋，想办法弄出几盘几碟，几个炒菜，几道烧菜。这里的几盘几碟，是指凉菜，讲究的要十道凉菜，少一点也要八道。现在我笔下的，就有三道：切香肠、切变蛋、切香肚。在餐桌上，往往是变蛋紧靠着香肠，放在一起是为了方便亲友们搛挟。偶尔性急的小年轻，挟了片香肠就往嘴里放，桌子上的长辈便会关心地责怪："细呆伙，夹上变蛋吵！"小年轻会嘿嘿地笑两声，很是为自己筷子动早了，有些个难为情。

或许是我依念父母的缘故，在我的记忆里，街上副食品商店买的香肠，总不及父母亲动手灌的香肠更香醇入味。离开家到外地读书也好，毕业后在外地工作也好，每年父母亲都会准备一些家里灌制的香肠给我，年后慢慢吃。母亲总是说，上学读书嘴苦。在那时候，香肠算是美食矣。工作之后，母亲又会说，工作为重，忙不过来，锅上蒸几根香肠，也好下饭。做父母的，心里总是装着自己的儿子。

　　其实，家里灌香肠，反而没有专业工厂复杂。为主的就几样：刮肠。猪小肠洗净后，先清理肠衣内的零碎物，通常用篾制刀具在肠衣上刮，使肠衣薄到一定程度，几近透明，如此灌出的香肠，蒸煮出来较肠衣厚的更香脆。刮后的肠衣，还需要用食盐反复搓捏，去腥味，方可凉干待用；剁馅。原料为猪肉，肥肉与精肉搭配要好，多为三七开，七分肥，三分瘦。过肥、过瘦，做成的香肠口感都不理想，肥则腻，瘦则干。有一点需要注意，猪肉剁碎时不可过细，过细香肠没咬嚼，咬劲差，味道也就差；配料。多为食盐、酱油、白糖、曲酒，再加葱蒜末、生姜米、五香粉之类调味食材。这前四种主料配比同样重要，直接影响香肠口味；灌制。和好配料的肉馅，稍作腌制便可灌入肠衣。灌肠时，挤压劲道要适当，填压密度也要适当。过松不成形，过紧会爆肠。这里有个小窍门，每灌一段，用线扎一下，以保证肠衣内无明显漏空；晾晒。刚灌制的香肠，必须挂至通风处晾晒，既不能暴晒，香肠要保有一定湿润度，不可干瘪，又不能闷着，应蒸发的水份都没蒸发，那香肠会变味，严重的会酸掉，再食不出香肠特有的鲜香矣。

同为灌制，香肠用的猪小肠，而香肚用的则是猪尿泡。香肚，在南京人嘴里被称之为"冰糖小肚"，一是因其形如苹果，娇小玲珑，故有"小肚"之称；二是因其选料好、腌制精、回味甜，有如加入冰糖一般。南京香肚，肉质紧结，红白相间，香甜可口。

其制作过程中，填料颇为讲究。猪肉须用猪后腿瘦肉，剔去皮、筋、骨，切成筷状细条肉，加上少量肥肉。通常为八分瘦肉，配两分肥肉。再配以细盐、白糖，以及花椒、八角、桂皮等调料，拌匀，腌制，之后便可灌肚。灌肚讲究边灌边揉边转，让肚内肉至紧密，用细线扎口。此时，再来一次回头看，检查一下香肚内是否有水分积压出来，是否有不留意而形成的空隙。处理方法颇简，用竹签在肚坯上穿孔，即可。灌制好的香肚，须经过日晒、风干、发酵等工序，方为成品。食用前，又须先浸泡，再煮沸，再停火焖，直至熟透。上餐桌之前，先去表皮，腰断成半圆，后切成薄片装盘。此时的香肚，瘦肉红，肥肉白，红白相间，很是诱人食欲。

据传南京彩霞街有家"周益兴火腿店"制作香肚颇负盛名。清人袁枚所著《随园食单》中就有这样的记载："周益兴铺在彩霞街，八十多年，专制售小肚，闻名大江南北。"看来这袁才子的话，也要推敲推敲才是。这周益兴明明还做火腿，何来"专制售小肚"之说呢？不过其名气大，看来不会错。

在我们老家的圩南地区，人们又把香肚叫作"和尚头"，以外形命名也。这香肚，在未切开装盘之前，外形圆且滑，模样颇似出家僧人的头，再加之说是由一位法号"慧褒"的僧人首创，故而香肚被叫作"和尚头"，也在情理之中矣。

说是唐王李世民为不忘当年救命之恩，下令在兴化圩南建了座"护国寺"，有位法号慧褒的年轻和尚出家到此。怕是太年轻的缘故，耐不住佛门戒荤之禁规，加之祖传厨师之功夫，便时常背着当家师弄一些好吃的：将猪肉与豆粉搅拌，配些高味佐料，制成了香肚。虽说，众师兄尝后无不称道。无奈，当家师不能容忍。慧褒只得改行，在一家小镇上开小酒店，卖香肚，维持生计。其时，尚无"专利"之说，小和尚的妙法便渐渐传入民间。从此，我们那里民间便多出了一道凉菜：切香肚。

这圩南地区的香肚制作和南京香肚制作还是有些差异。圩南一带在原料上，除猪肉之外，增加了豆粉。其制作过程是，先将猪肉切成肉丁，然后放上生姜、葱、酱油、细盐、味精和红色素等食用佐料，再加入适量豆粉，均匀拌搅，制成团状，塞进净洗之后的猪尿泡。最后外加一层纱布，入锅蒸煮至熟。凉上个把时辰，便可切成薄片，置盘中而作下酒之物矣。这里不难看出，圩南香肚是鲜制，而南京香肚则是风干发酵。因此，前者随时可以食用，而后者则需要等待两个多月，方可享用。

时代的发展，往往会突破人的思维局限。譬如香肚，这样一款一百二十多年前的传统食品，现在竟抽芽吐绿，与比萨饼的制作工艺联姻嫁接，其中有一款"香肚菠萝比萨"，很是风靡。没有品尝过，没有发言权。真的不知道，这样的跨国嫁接，究竟有多少生命力呢?

后记

汪老为我题书名

1993年,漓江出版社出版了我的一本散文集《楚水风物》。我的同乡好友、著名评论家王干先生给写的序。

想着他是因一篇关于汪曾祺先生小说的评论而走上文学评论之路的,跟汪曾祺先生关系定然非同一般。而我写的这一组楚水风物,与汪曾祺先生著名的散文《故乡的食物》中所写物产十分相近,且我的用笔风格是一直追随他老人家的。心中就想,如这本小册子能请汪曾祺先生题写个书名,那该多好。

于是,把心中的想法和王干兄商量,请他帮忙。原本也只是试试看的,不想汪老没做半点推辞,爽快地题写了书名:"楚水风物"。因为事先没怎么好给他老人家提太多要求,心想只求个有就成。谁知汪老用宣纸题写了两幅书名,一幅为竖题,一幅为横题。足见先生为人之真诚,做事之认真。

汪老题写的书名,是托王干兄转交给我的。说实在的,捧着汪老题写的书名,我内心真是激动万分。他的字,典型的文人字,儒雅得很,求他字的大有人在。而我这样一个无名小辈,没请他抽一支烟,没请他喝一杯酒,没有一丁点付出,却得到了他老人家如此厚爱,这无疑将激励我继续走好自己的文学之路。

　　我的老家兴化,与汪曾祺先生的老家高邮是紧邻。兴化古属楚,因境内河荡港汊密布,得名楚水;作为楚国令尹、大将军昭阳的食邑,又称昭阳。多水的兴化,乱世"世外桃源",盛世"闹中取静",让文人墨客、雅士骚人,为避战乱、避喧嚣、避功名而来到兴化,又为读书、卖画、会友而离开。他们当中有写出《水浒传》的施耐庵,写《报刘一丈书》的宗臣,写《艺概》的刘熙载,有"诗书画三绝"之郑板桥……凡此等等,不一而足。

　　传统历史文化积淀丰厚的兴化,无疑潜移默化地影响着我们这些为文者。在多年之前,陈建功先生就从我的小说里读到了刘熙载一直主张的那种"愿言蹑清风,高举寻吾契"的情愫。陈建功先生在把我的作品与刘熙载《艺概》中的理念作了一番比较之后,这样说:"这一位'刘'和那一位'刘'是否有血缘关系且不必管他,这一位'刘'是否读过那一位'刘'的《艺概》也无需深究。从文学观念上看,他们还真有几分相近之处呢。刘仁前笔下静静地流淌而出的,大抵是乡情。如梦如幻,如丝如缕。"

屈指算来，我业余为文亦三十余年矣，长篇小说《香河三部曲》（《香河》《浮城》《残月》）在人民文学出版社出版，产生了一定影响，被赵本夫先生誉为"里下河版的《边城》"。著名学者丁帆先生更是给予了高度评价，他说："在我所了解到的中国百年文学史中，能够用长篇小说来描写苏北里下河风土人情和时代变迁者，刘仁前算是第一人。"

根据我的长篇小说《香河》改编的，由潇湘电影集团投资拍摄的同名电影《香河》，今年春天将在溱湖湿地公园开机。

我 2011 年 5 月到泰州市文联工作以来，争取泰州市委、市政府支持，和江苏省作协、《文艺报》联合打造以汪老为旗手的"里下河文学流派"，在中国文坛已经形成了较好的影响，得到了专家学者的肯定。目前，我们已连续召开了四届全国性的研讨会，推出了"里下河文学流派作家"丛书小说卷、散文卷、诗歌卷，今年还将推出"评论卷"等一系列专著。期盼着，"里下河文学流派"之大旗高高飘扬，将汪老的文学精髓传之久远，发扬光大。

今年 5 月 16 日，是汪曾祺先生去世 20 周年，我将 20 多年前他老人家题写书名的《楚水风物》重新梳理，由江苏文艺出版社出版，奉上我对他老人家的一份深深的怀念。

二〇一七年三月十八日于海陵莲花